十二五 普通高等教育"十二五"规划教材

U0095564

三维基础造型

编著　邹　林　潘祖平
主审　唐鼎华

基金项目：2011年度教育部人文社会科学研究规划基金项目
（工业设计创新系统理论研究　编号：11YJA760037）
基金项目：2010年度江苏高校哲学社会科学重点研究基地重大项目
（工业设计创新系统理论研究　编号：2010JDXM005）

中国电力出版社
CHINA ELECTRIC POWER PRESS

内 容 提 要

本书为普通高等教育"十二五"规划教材，是根据江南大学设计学院基础造型教育的理论框架，结合编者多年的教学实践编写而成的。全书系统地阐述了三维及多维形态（光、动、水）的创造及表现方法，立体空间形态的创造法则和表现手段。引导学生在三维空间中，培养利用各种材料创造、表现各种形态的能力，以及三维空间的想象能力和造型能力。本书与教学紧密结合，理论部分结合大量优秀设计作品论述，每章结合理论阐述，附有江南大学设计学院多年教学实践课题，力图通过课题训练，加强学生对理论的理解与掌握，案例翔实丰富，力求把真实的课堂传达给读者。

本书主要作为普通高等院校艺术设计类专业教材，也可供广大艺术爱好者学习参考。

图书在版编目（CIP）数据

三维基础造型 / 邹林，潘祖平编著. —北京：中国电力出版社，2011.12

普通高等教育"十二五"规划教材
ISBN 978-7-5123-2489-3

Ⅰ.①三… Ⅱ.①邹… ②潘… Ⅲ.①三维–造型设计–高等学校–教材 Ⅳ.①J06

中国版本图书馆CIP数据核字（2011）第 260817 号

中国电力出版社出版、发行
（北京市东城区北京站西街19号 100005 http://www.cepp.sgcc.com.cn）
北京瑞禾彩色印刷有限公司印刷
各地新华书店经售
*
2012年2月第一版 2012年2月北京第一次印刷
787毫米×1092毫米 16开本 7.75印张 171千字
定价32.00元

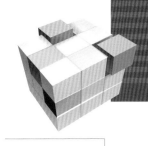

前　言

　　基础教学是专业的根基，也是连接专业方向的重要桥梁，它的每一门课程都与整体的教学框架这个大系统相关联，也受到社会对设计师的总体需求的制约，这就要求子系统的不同课程要符合大系统的制约和要求，从根本上说也就是要符合社会对人才的需求。因此，形成设计基础教学的合理构架就显得尤为重要。

　　本书基本反映了江南大学设计学院基础造型教育的理论框架，系统地阐述了艺术设计中的基本问题及对设计概念、规律等方面的研究成果。在以往三维形态训练的基础上，增加时间、空间、动的要素，使设计基础训练从二维、三维进入多维训练阶段。学生创作的作品，不仅仅包括单一的、静止的形态，还融入了光和动的因素，使作品显现出不同形态变化的、活跃的、富有生命的动势，并在空间中根据时间的变化而产生形态变化的魅力，形态本身在空间位置上的变化所引起观赏者的兴趣，并能与观赏者交流，创造更加悦目的艺术，同时创立了新的概念，给人全新的视觉印象。

　　多维空间造型表现的课题研究，不是单纯追求美的表现，而是不断地采用非物资要素，导入创造性及多次元素表现的概念，使艺术和科学相互交流与融合，产生新的领域和新的表现形式，以此来拓展学生的思维，培养创造性意识，引发学生从多角度、多视点观察事物，从而寻找更好的表现手段来展现事物。

　　本书与教学紧密结合，强调教案的编写与训练。每章结合理论阐述，加进有针对性的课题训练及学生作品，力图通过课题训练，加强学生对理论的理解与掌握，同时加强其可操作性。每章均附有江南大学设计学院多年教学实践课题，包括课题名称、课题说明、作业要求、学生作业及文字点评等几方面内容。

　　由于水平与掌握的资料有限，书中如有不妥之处期待各位专家同仁给予指正，以共同推动基础造型教育事业的发展。

　　本书收录了江南大学设计学院部分同学的优秀作业，但由于诸多原因无法一一标注姓名，在此一并致谢！

邹林　潘祖平

2011 年 10 月

目　　录

前　言

第1章　概述 ·· *1*

　第 *1* 节　三维基础造型的概念 ··· 1

　第 *2* 节　三维基础造型的研究内容 ·· 8

　课题1　二维半练习 ··· 9

　课题2　从平面走向立体 ·· 15

第2章　三维空间的材料要素 ·· *18*

　第 *1* 节　材料的分类与特性 ·· 19

　第 *2* 节　材料的性质 ·· 20

　第 *3* 节　材料与肌理 ·· 21

　课题3　材料体验练习 ·· 24

　课题4　RE ··· 30

第3章　三维空间的形态要素 ·· *34*

　第 *1* 节　线材 ·· 34

　第 *2* 节　面材 ·· 40

　第 *3* 节　块材 ·· 47

　课题5　线材造型表现 ·· 50

第4章　三维形态的造型表现 ·· *54*

　第 *1* 节　形态与结构 ·· 54

　第 *2* 节　形态的知觉特征 ·· 59

　第 *3* 节　三维形态的造型表现 ·· 63

　课题6　石膏曲线体练习 ·· 67

　课题7　单体与组合 ·· 71

第5章　三维空间的动造型 ·· *77*

　第 *1* 节　动造型的概念 ·· 77

　第 *2* 节　动造型的构成原理 ·· 82

　课题8　动造型训练 ·· 86

第6章　三维空间的光造型 ·· *91*

第 *1* 节　光与空间 ·· 92

第 *2* 节　光的应用 ·· 94

第 *3* 节　光造型的构成原理 ·································· 97

课题9　数字化时代的光 ············ 98

第7章　三维空间的水造型 ·· *107*

第 *1* 节　水的性质 ·· 107

第 *2* 节　水的造型 ·· 113

参考文献 ·· *118*

第1章 概 述

第 *1* 节 三维基础造型的概念

一、三维空间概念

三维是数学术语，表示时空存在的自变量数，"维"表示方向。由一个方向确立的空间模式是一维空间，一维空间呈直线性，只被长的一个方向确立；由两个方向确立的空间模式是二维空间，二维空间呈面性，由长、宽两个方向确立；三维空间呈体性，由长、宽、高三个方向确立，即三维空间具有长、宽以外的第三次元，即深度。三维造型是指涉及三维范围内的造型行为，即涉及体积与空间形态的造型活动。（见图1-1和图1-2）

图1-1 厚重的体积给人以强烈的三维特征　　图1-2 方形钢管加工成弯曲的形体，给人一种巨大的体量感

我们生活在一个三维立体空间里，从大自然万物到人类自己建造的一切，都是以三维的形式出现的；小到一支曲别针的设计，大到建筑、飞机等形态设计，无不属于立体和空间创造的领域（见图1-3和图1-4）。增加了一个维度，意味着产生了许多造型要素，而且大幅度地扩展了表现领域，因此一些平面设计也尽量通过各种手段向三维造型方向发展，以此来提高平面造型的视觉效果。如书籍封面的凹凸图文设计，各类贺卡以及儿童书籍中的一些翻折式立体结构等（见图1-5～图1-7）。另外，绘画也是在二维空间中对 三维空间事物的展现。（见图1-8和图1-9）因此，对于立体和空间的造型训练，就是至关重要的了（见图1-10和图1-11）。

图 1-3　自然界的万物无不呈现三维形态的特征　　图 1-4　建筑形态给人以强烈的立体空间感

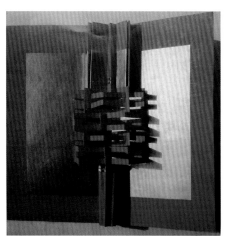

图 1-5

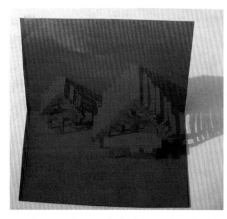

▲　图 1-5、图 1-6　贺卡中的三维设计增加　图 1-7　书籍封面的凹凸设计
　　了趣味性

图 1-8　素描作品在二维平面中用细腻丰富的明暗色调表现了物体的空间层次感

图 1-9　埃舍尔的《魔带立方体》。利用视错觉，在二维平面中表现了令人玩味的矛盾空间

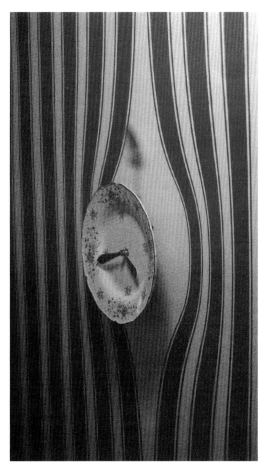

图 1-10、图 1-11　平面与立体的巧妙结合，成为室内设计的点睛之笔

二、三维造型训练的特点

相对于二维造型，三维造型训练具有以下几大特征：

1. 立体感

立体感是人们通过视觉、触觉、运动觉对立体形态获得的主观心理感受。

立体形态与立体图形有着质的区别。我们从学习绘画开始接触到的都是平面的艺术作品，如素描、水粉、油画等。虽然在平面作品中我们领略到了光影、立体、色彩等丰富的视觉感受，但二维平面上的立体图形只是一种幻觉的体，它所描绘的立体图形，是靠外轮廓，即边缘线来体现的，通过线的长短、虚实及方向把人的视觉引向立体空间。二维平面上立体图形有位置、长度、宽度、厚度，但无重量，只能通过视觉来感知它的存在，不能通过触觉来感知它。当我们用手去触摸它时，仍然是一张平面的纸而已，而不是真正的实体。

立体形态是平面形态的延续，是把平面中的点、线、面立体化，表现的是真实存在的重心、位置、方向、形体和空间。一个立体物体不仅可以通过视觉获得心理感，还可获得触觉、听觉等多种心理感受。立体形态可以同时从不同的角度进行观察和考虑，因此要比平面形态复杂得多。（见图1-12）

图1-12 实实在在占据空间的形体给人以强烈的立体感

2. 轮廓的不稳定性

平面形态是靠轮廓去把握，一个平面只能决定一个轮廓；立体形态的轮廓线根据观察者的位置变化而变化，有无数个视点就有无数个轮廓线。一个立体形态从不同角度去观察，则能看到不同的形，因此，立体形态没有一个固定不变的轮廓线。"横看成岭侧成峰，远近高低各不同"，苏轼的这首描写庐山风景的诗，正反映了三维形态轮廓的多变性。

平面形态只有一个方向来表现和观察，立体形态有六个方向加以表现和观察。因此，在创造立体形态时要注意其各个角度的变化。立体形态与空间是不可分割的，在考虑立体形态的同时，还要兼顾其空隙(空间)的变化。（见图1-13～图1-15）

3. 光的作用

光对于平面形态来说，只是视觉现象发生的条件，对于立体形态，光是造型元素，光线照射角度不同，会使物体产生不同的体量变化，利用光影、光泽、透明度等，可使形态产生变

图1-13 不断变化的轮廓线使雕塑充满活力

图1-14、图1-15　立体形态的不同角度呈现不同的视觉效果

化甚至影响外形，并产生不同的形式美感。（见图1-16和图1-17）

图1-16　素描作品中的光感表现更多　　图1-17　光是三维形态魅力的源泉
起到塑造画面效果的作用

4. 触觉肌理

平面形态中的肌理只有视觉感，无触觉感；而立体形态中的肌理在具有视觉感的同时拥有触觉感。

立体形态中的触觉肌理是人们在其制作过程中无意或有意制造出来的表面效果，它附着于材料表面，或平滑，或尖锐，或坚硬，或松软等。成功的肌理效果体现出设计者的刻意追求和智慧，增强形态的立体感，丰富立体形态的情感，并给人带来不同的心理感受，它使观者通过视觉肌理联想到触觉感受，同时通过直接用手触摸获得更为丰富的感官体验。（见图1-18）

5. 材料和加工

在平面中，材料和加工是作为视觉效果完成的；而在三维造型中，除视觉效果外，还要注重立体形态的材质感、肌理、空间感以及触感的效果。不同的材料，加工工艺也不同，精良、细微的加工工艺可以使立体形态大为增色，合理选材才能更好地表现立体形态。（见图1-19和图1-20）

6. 符合物理规律

追求立体形态美，必须建立在满足物理学重心规律和结构秩序的基础上，即立得住，并具有一定的牢固度。（见图1-21）

总之，从平面形态思维到立体形态的思维，是人类认识观念上的一次飞跃，这种变化不仅是从二维空间到三维空间的变化，也是由静止的观念向运动的观念变化过程（见图1-22和图1-23）。三维基础造型通过空间形态的构成训练，形成一种空间立体的思维方法与习惯，建立一种三维空间

图1-18　雕塑作品中的肌理对比

图1-19　杰西·斯莫尔的《花瓶》。玻璃材质在吹制过程中的不可预见性，赋予每件产品独一无二的魅力

图1-20　汤姆·迪克森的《"新鲜的油脂"咖啡桌》。由塑料压延机抽出来的面条状的、滚烫的热聚体制作而成。特殊的材料和加工方法是产品形态魅力的来源

图1-21　块材往往要把握好物理上的稳定和视觉上的轻巧之间的平衡

图1-22 现代设计中，二维与三维往往相互交错，共同塑造某种空间氛围。图为室内设计中的墙壁设计

图1-23 二维平面上的画与三维的物体巧妙配合，趣味横生

甚至四维、多维空间的想象能力与组织能力。通过对立体形态系统的观察、认识、分析、组织、提炼、完善的多方面系统学习，最终使创造性与设计能力在基础教学中得到合理渗透与有机的转化（见图1-24和图1-25）。

图1-24 学生三维作业。富有变化的肌理表现，拓展了正方体的视觉效果

图1-25 学生三维作业。三维训练强调体积和空间感的表现

第2节　三维基础造型的研究内容

三维空间的造型揭示了立体造型的基本规律，阐明立体设计的基本原理。在课程训练中，不追求具体的使用功能，而注重创造过程及动手实践能力的培养。同时加强对形态表现的思维方式，材料、构造、加工方法等基本知识与技能的训练，培养创造能力和审美能力以及对形态材料敏锐的造型知觉。它是现代设计师必须掌握的一门专业基础课程。其教学内容主要包括以下几点：

● 学习各种线材、面材、块材的材料特性与构造，加工的方法与技巧，掌握立体造型最基本的原理。

● 学习研究有机形体造型的特点，并从生活和自然界中提炼、表现出具有生命的动力、自由的韵律等丰富的形态，以及不同的空间、形态关系。

● 以不同的材料、不同的加工手段，并用抽象的造型语言，表达一定心理感觉的抽象概念。

● 在三维造型中，导入时间、空间、动力、光等要素，进行多维形态的造型训练，学习和掌握各种形态新的表现方法和技巧。

● 培养学生一种理性、逻辑性的思维模式，使创造性思维得到合理的挖掘和发挥。
（见图1-26～图1-29）

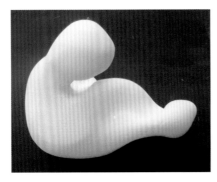

图1-26、图1-27　学生三维作业——石膏有机形体的塑造

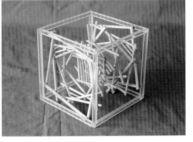

图1-28、图1-29　学生三维作业——结构与空间

课题 1 二 维 半 练 习

课题说明

"二维半"是相对于二维平面与三维立体而言的，介于平面与立体之间的造型。它是以平面为基础，进行立体化的设计制作。通过对平面材料进行立体化加工，使其产生各种起伏和视觉、触觉肌理，并通过凹凸起伏的空间变化，使其具有平面图形所不能表现的量感和立体感，又称为半立体。

半立体造型是平面向立体转化的一个过渡环节，是从平面走向立体的最基本联系。以平面材料进行立体形态的创造，发挥想象力，可以创造出丰富多彩的空间立体形态。生活中如建筑的贴面材料、壁挂、壁饰、浮雕等，都属于半立体范畴。训练中常用材料有纸张、塑料板、泡沫板、木板、石膏、水泥、金属板等，造型技巧包括剪切、弯曲、折叠、嵌接、粘贴、捶打、排列等。其中，纸是最常见、最易得到的材料。纸的造型手法很多，使用起来也很方便。通过纸的折叠、剪切、翻转等手段可以使一张平面的纸，变成一个多彩多姿的立体形态来。因此，我们常用纸作为训练的主要材料。

作业要求

1. 寻找材料，运用剪切、弯曲、折叠、拼贴、腐蚀、捶打等手法对材料进行加工，研究材料性质特点和视觉效果；

2. 在材料研究的基础上，发挥想象力，创造出丰富多彩的半立体的形态效果；

3. 尺寸：12cm×12cm（长 × 宽）。

📖 学生示范作业

纸是进行二维半训练较常见的材料。纸通过剪切、折叠可获得装饰性的半立体效果。

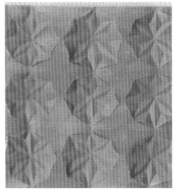

图 1-30

图 1-31

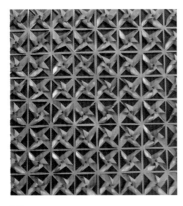

图 1-32

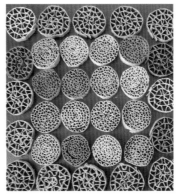

图 1-33

◀ 图 1-32、图 1-33 单位形的重复，获得统一的节奏感

图 1-34

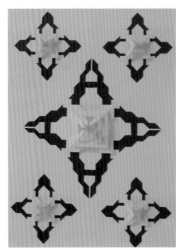

图 1-35

图 1-36

▲ 图 1-34～图 1-36 同一张纸通过剪切和折叠形成正负形的呼应关系

◀ 图1-37、图1-38 不同色彩质感的纸相互插接，注意了形的渐变，统一中求变化

图1-37

图1-38

图1-39

图1-40 通过纸的粘贴，也可获得视觉与触觉上的层次变化

图1-41 纸的"破坏"所带来的视觉效果

图1-42

图1-43

图1-44

▲ 图1-42～图1-44 腐蚀的魅力

图 1-45

图 1-46

图 1-47

▲ 图 1-45 ～图 1-47　草的编织。选择不同的材料可获得不同的视觉效果。在训练中，鼓励同学去寻找、发现不同的材料

图 1-48

图 1-49

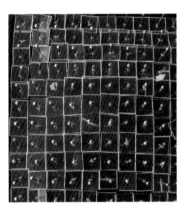

图 1-50

▲ 图 1-48 ～图 1-50　塑料的创意。塑料也是我们生活中常见的一种材料

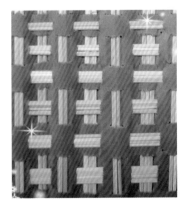

图 1-51

图 1-52

图 1-53

▲ 图 1-51 ～图 1-53　对不同的木材进行加工、处理后，再进行画面构成，从而获得不同的半立体效果

▼ 图 1-54 ～图 1-62　材料的组合构成

图 1-54

图 1-55

图 1-56

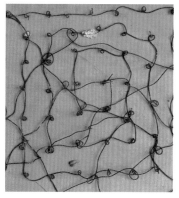

图 1-57

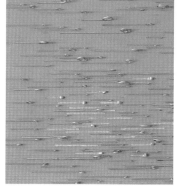

图 1-58

图 1-59

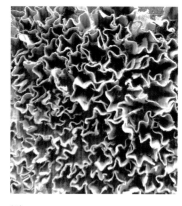

图 1-60

图 1-61

图 1-62

▼ 图 1-63～图 1-70 就某一种材料展开训练（如铜版画报纸的再利用），从而充分激发同学们的想象力和创造力，挖掘材料表现潜力。

图 1-63

图 1-64

图 1-65

图 1-66

图 1-67

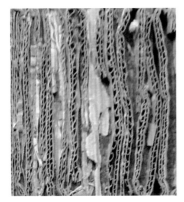

图 1-68

图 1-69

图 1-70

课题2　从平面走向立体

课题说明

本课题训练的重点是如何把二维的造型、设计思维通过有效的训练途径和方法，过渡并转化为三维的造型和设计能力。

从理论上讲，只要给具备长度和宽度的任何一个二维形态增加一定的厚（深）度，就能构成三维的形体或空间，这也是让平面形态立体化的最简单的手法，但所构成的形态往往单调、乏味，空间感不强。通过镂空、错位、材质变换等构成方法，可以营造富有趣味的三维立体感和空间感，让由于深度增加而构成的立体形态变得生动，富有变化。同时，通过从平面到立体的形态塑造练习，可以加深学生对体积、空间的认识和理解。

作业要求

1. 选择著名标志、抽象绘画、图形等二维平面作品进行三维表现拓展，A4 纸草图表现；

2. 在草图的基础上，选择 1～2 个较为满意的方案，进一步深入完善；

3. 根据方案，选择合适材料，制作模型；

4. 文字总结。

📖 **学生示范作业**

▶ 图 1-71、图 1-72　蒙德里安是风格派运动艺术家和非具象绘画的创始者之一，作品以几何图形为绘画的基本元素，崇拜直线美，主张透过直角可以静观万物内部的安宁。他把绘画语言限制在最基本的元素：直线、直角、三原色（红、黄、蓝）和三非原色（白、灰、黑）上，称这种风格的绘画为新造型主义。他的作品和理论对后来的建筑、设计等影响很大

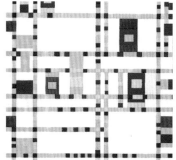

图 1-71

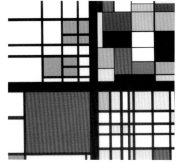

图 1-72

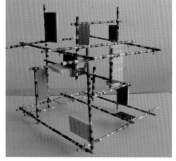

图 1-73

图 1-74

▶ 图 1-73～图 1-80　该组同学选择了蒙德里安《红、黄、蓝》系列作品作为进行三维拓展的原型

图 1-75

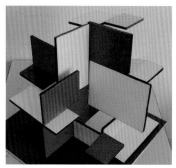

图 1-76

图 1-77

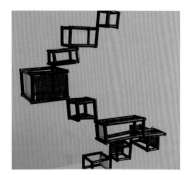

图 1-78

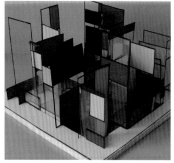

图 1-79

图 1-80

◀ 图 1-81 标志原型。选择的原型具有中国特色和曲线美

▶ 图 1-82 三维拓展之耳环设计。选择用可塑性良好的油泥来制作模型，以表现原型的曲线美

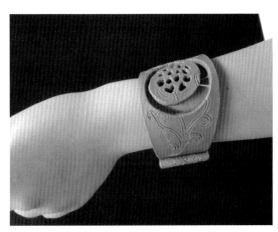

▲ 图 1-83、图 1-84 三维拓展之手镯设计。用镂空的花纹表现基本型，整体呈梯形，弯曲后宽度不同，以曲线花纹装饰，赋予手镯柔美感，既反映了东方女性的柔美，又体现了原型标志的视觉感受

图 1-85 LG 标志原型

图 1-86 三维拓展

第2章 三维空间的材料要素

　　人类社会的文明史从某种意义上讲就是材料的发展史，材料的应用水平直接反映出生产力发展的程度。历史学家常以材料来划分时代，如石器时代、青铜器时代等，不同材料的应用反映了不同历史时期的文明程度，体现了材料对人类社会发展所具有的意义。（见图2-1和图2-2）

图2-1　菲利普·施塔克设计的成型刨花材料制成的机箱外壳给人以温馨、环保的感觉

图2-2　特殊的材料形成特殊的肌理效果

　　现代设计的发展历程说明人们对材料与形态关系的认识和理解也是不断发展和变化的。工业设计中，材料科学的发展使造型、色彩、材料之间的关系越来越紧密，工业产品革新产生的诱因往往是研发出新型材料，产品的特性越来越多地取决于某种特定材料表面结构的特性以及视觉和触觉上的特点。（见图2-3和图2-4）

图2-3　材料传达了环保的理念

图2-4　玻璃的材质传递出精致、美丽、高雅之感

第 1 节 材料的分类与特性

三维形态的构成离不开材料的合理运用。材料是形态表现效果的重要因素。在三维造型中，材料与质地直接对视觉、触觉感受产生重要影响，任何形态都离不开与材料之间的联系。材料既是造型的物质成型基础，也是造型艺术化的一个重要元素。例如，伦敦世博会的水晶宫，在历史上第一次向人们展示了钢铁与玻璃为主要建筑材料的崭新风貌。因此，设计师对材料的理解及其对材料的敏锐程度，直接反映设计师驾驭材料的能力。正如丹麦设计师克林特所说的：选择正确的材料，采用正确的方法去处理材料，才能塑造出逼真的美。

一、材料的分类

随着现代科学技术和工业的发展，材料的品种也越来越多，对材料进行严格的分类比较困难。根据材料的来源不同，可分为天然材料和人造材料两大类。石、木、皮革等是人类最初利用的天然材料，因此也是与人类在生理和心理上最亲近的材料；塑料、橡胶等人类根据需要发现、创造的人造材料则拓宽了材料的来源，为设计艺术领域提供了丰富的物质条件。

材料也可根据本身的性质来区分，如以木材、石材、金属材、塑胶材等加以分类；材料根据物理性质来划分，又可分为弹性材料、塑料材料、黏性材料、坚硬或柔软的材料以及透明、半透明或不透明材料。

二、三维造型中常用材料的特性

（1）纸材——可塑性好（可切割、弯曲、粘贴、挖空等），环保（可回收），便宜，但延展性差。

（2）木材——人类最早使用的材料之一，被广泛地运用于各个领域，其色泽丰富，宜人，便于大量生产和加工，榫卯结构具有独特的结构美感，但防火性差。（见图 2-5）

（3）竹、藤——快速生长的材料，种植成本低，是绿色环保材料。其加工方法丰富，用途广泛。藤具有较好的韧性。（见图 2-6）

（4）金属——铁、不锈钢、铜、铜合金、铝、铝合金等，适宜于作精密机械加工及大批量生产的材料。（见图 2-7）

（5）塑料——经济、轻便，可塑性强，可弯曲、折叠、压塑及切割，色彩丰富。（见图 2-8）

（6）合成材料——是人类创造发明的新兴材料，如玻璃钢、金属陶瓷等，往往具有某种特有的性能。发现一种新材料，就有可能带来一种全新的设计。

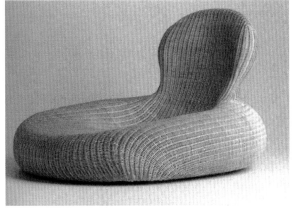

图 2-5　运用木材的天然亲和力使高科技产品　图 2-6　竹、藤材料的加工方法往往以编织为主，产品给
与人的情感相依　　　　　　　　　　　　人一种自然、舒适的感觉

图 2-7　金属的质感往往　图 2-8　塑料是形态与性能都十分"自由"的材料
给人以现代、冷漠之感

第 *2* 节　材 料 的 性 质

　　在设计中，设计师不可避免地会遇到材料物理及化学性质方面的问题。材料的不同特性，决定了材料的可塑性和加工、构成方法的差异性。

　　通过对多种材料的初步接触和对某一种材料深入的个性化研究与开发，去认识材料的特征与可塑性，获取对这种材料多种形式的表现力的开发，扩展对材质的运用与把握能力是三维基础造型学习的重要内容。（见图 2-9 和图 2-10）

　　材料技术方面主要有三大性质：

　　物理性质——重量、密度、含水率、比热容、熔点、膨胀系数、热导率、电导率。

　　力学性质——应力、弹性、硬度、应变、韧性、脆性、塑性、刚度。

　　化学性质——对立体形态设计有一定的影响。如木材的防腐、防虫处理；不同金属的抗酸抗碱能力以及在不同化学环境下的色彩、肌理变化；塑料的化学成分和成型方式的关系等。

按照工程学的分类，材料有三种基本结合方式：

堆砌方式——材料之间不需有任何粘结剂而堆砌在一起。堆砌主要靠重力和压力，施工简单、容易，但易位移和崩溃，如积木、金字塔等。

固接方式——以固定的方式稳固地结合在一起。缺点是一旦结合，就难以恢复原状。

铰栓接方式——如榫卯、钉接、绳结等。铰栓接既能够使材料之间牢固地结合在一起，又可以在不破坏材料的前提下进行分解。

设计师应对材料的技术性能有基本的了解，不仅要了解常用材料的特性，也要时刻关注新材料的发展，每一种新材料的产生，都可以极大地丰富设计师的创作空间。对材料技术方面的了解，有利于把握形态创造与材料技术之间的关系。一般来说，几乎所有材料均有详细完备的资料，在设计中有关材料技术方面的问题，可通过查阅资料，获得详细的数据。（见图2-11）

▲图2-9、图2-10　对材料强度和韧度的充分把握是形态设计的基础

图2-11　竹制自行车。材料的运用必须在充分研究材料性能的基础上进行

第3节　材料与肌理

肌理是物质结构表面所存在的一种纹理，是物质的一种表象特征，也是我们认识事物本质的直接媒介。在设计中，肌理是体现物质特性与视觉形象创造的重要手段之一。材料作为结构形式和功能的物质载体，所特有的质地构造、表面肌理以及色彩会给人以不同的视觉和触觉感受。

肌理可分为视觉肌理和触觉肌理。视觉肌理是一种只可以被视觉感知的肌理语言。在平面设计中，以视觉形态为特征的肌理可以使画面中的背景和物体创造出逼真的视觉效果，使画面更具张力，还能通过视觉肌理的运用，产生一定的视幻效果。

三维形态中的材料不仅具有视觉肌理的心理效应，还有触觉肌理所带来的生理效应，例如硬和软，光滑与粗糙，冷和暖等。立体造型中，材料的视觉肌理和触觉肌理是艺术

表达的重要组成部分，也是最重要的造型语言。（见图 2-12～图 2-14）

不同质地的材料具有不同的触觉、视觉美感；同一形态，材料不同，其表面效果也截然不同。肌理在造型中的作用主要有如下几种。

图 2-12～图 2-14　柏林皇家瓷器厂环境设计—金色气质—黄铜时代。景观设计中通过材质的运用，渲染主题氛围

一、肌理可以增强形态的量感

肌理作为形体表面的组织构造，与形体有着密切的关系，在一个形体上可以同时存在同一肌理或不同的肌理。粗糙的肌理给人以厚重的感觉，细腻的肌理给以平滑、含蓄的感觉。只要看见肌理，或者触摸到肌理，人们便会从积累的生活经验中，联想到事物的特质。（见图 2-15）

图 2-15　盛扬的《渔家乐》。雕塑作品中，石材、不锈钢两种不同材质肌理的对比

二、肌理可以丰富形态的表情

不同肌理的运用能够丰富物体表面的含义，增加物体的感情色彩。如古埃及神庙柱上的浮雕，青铜器上的纹理等，这些肌理的运用，既起到装饰作用，显示着器物的威武和庄严，又蕴含了深厚的文化特性。（见图 2-16～图 2-18）

三、肌理可以传达形态的功能

人们往往利用肌理的特性赋予肌理语言的功能，通过对材料表面纹理方向的加工来提示使用者的操作功能。如家用电器的旋钮和按键往往都有明显的触感区别，各种瓶盖则尽可能利用肌理的语言来引导人们去正确使用。在各类设计中，肌理还能完成许多实用的功能，例如：下坡道路运用肌理来增强摩擦力，盲道的设计也是通过肌理的设计来进行区分的。（见图 2-19 和图 2-20）

图 2-16 斑驳的肌理赋予
简单形体更深的寓意

图 2-17 典雅之感的耳环设计，
材质对比是最大亮点

图 2-18 金属与毛发结合的首饰设计，
给人耳目一新的感觉

图 2-19 沙发的布面肌理给人以温馨之感

图 2-20 灯罩的肌理处理既柔化了光
线，又起到了装饰作用

　　利用材料肌理，创造材料肌理，通过不同形色、质地的材料的和谐对比，充分显示材料肌理的特性，在设计中充分发挥这些特性，才能给形体注入生命和情感。（见图 2-21）

图 2-21 质感是靠垫设计的关键

课题 3 材料体验练习

 课题说明

材料是构建三维形态的物质基础。材料的特性、质感、强度等因素决定着三维形态的构造与形态，材料本身所产生的心理效能和语义，左右着三维形态的内涵和视觉传达效果。对材料的认识以及由材料的实验和探索而产生的构想，是设计活动中最重要的一环。

对于材料的实践训练，可分为：

（1）不同材料对触觉、视觉心理的研究。通过对相同物体进行不同材料的置换或表现，充分挖掘各种材料的语言，表达不同的寓意和内涵，刺激人们的视觉神经，创造全新的视觉体验。同时，激发想象力和创造力，培养三维形体塑造与材料构成有机结合的基本能力。

（2）相同材料的不同技法开发。不同的材料有着不同的质地和特性，了解不同材料的特性和可塑性，才能有效地利用和发挥不同材料的形式语言来构建各种三维形态。相同的材料运用多种加工方法分解和组织，能形成各种不同肌理效果和质地，产生不同的形式美感，通过对相同材料特性的深入挖掘和研究，能进一步扩展对材料的把握和运用能力。

（3）材料的并置、对比研究。发掘物象质感与肌理的可塑性，培养对质感与肌理的运用与造型组织能力，了解不同的质感在形态表现中不同的可能性，研究材质与界面的关系。

（4）材料的综合运用。探讨怎样使材料表面状态通过人的视觉、触觉产生心理效能，以及达到这些效能所需要的技巧。认识各种材料的特点，掌握基本加工工艺操作方法，提高对材料敏锐的造型知觉，熟悉材料语言各自独特的表现性。

 作业要求

1. 选择生活中某一常见的物体，运用多种不同特性的材料，进行具有不同构成结构的形体塑造。通过多种材料重新塑造，赋予其不同的材料表情和语义。

2. 选择一种自己感兴趣或认为具有表现力的材料，最大限度地进行可塑性开发和研究，充分挖掘、利用材料的主要特性，构成不同的材料形态及材料语言。

3. 在材料可塑性研究的基础上，对材料进行综合运用，设计一幅作品。

4. 文字总结。

学生示范作业

▼ 图 2-22 ～图 2-33　选用最常见的一次性纸杯作为载体，通过对相同物体进行不同材料的置换或表现，充分挖掘各种材料语言，表达不同的寓意和内涵，创造全新的视觉体验

图 2-22　　　　　图 2-23　　　　　图 2-24

图 2-25　　　　　图 2-26　　　　　图 2-27

图 2-28　　　　　图 2-29　　　　　图 2-30

图 2-31　　　　　图 2-32　　　　　图 2-33

▼ 图 2-34～图 2-45　运用多种材料重新塑造，使司空见惯的生活物品表达出新鲜
的表情和语义

图 2-34

图 2-35

图 2-36

图 2-37

图 2-38

图 2-39

图 2-40

图 2-41

图 2-42

图 2-43

图 2-44

图 2-45

图 2-46

图 2-47

图 2-48

▲ 图 2-46～图 2-48　材料体验。通过各种加工手段及排列方式，尽可能地挖掘材料的特性——啤酒瓶
　盖的排列组合

图 2-49

图 2-50

▶ 图 2-49～图 2-52　运用啤酒瓶
　盖制作的首饰系列充分利用
　了原材料的特点

图 2-51

图 2-52

图 2-53

图 2-54

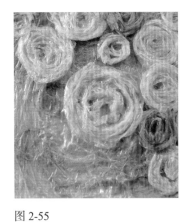

图 2-55

图 2-56

▲ 图 2-53～图 2-56 材料体验

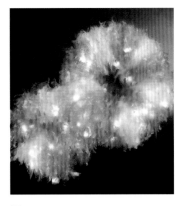

图 2-57

图 2-58

▲ 图 2-57、图 2-58 材料运用之装饰灯具设计

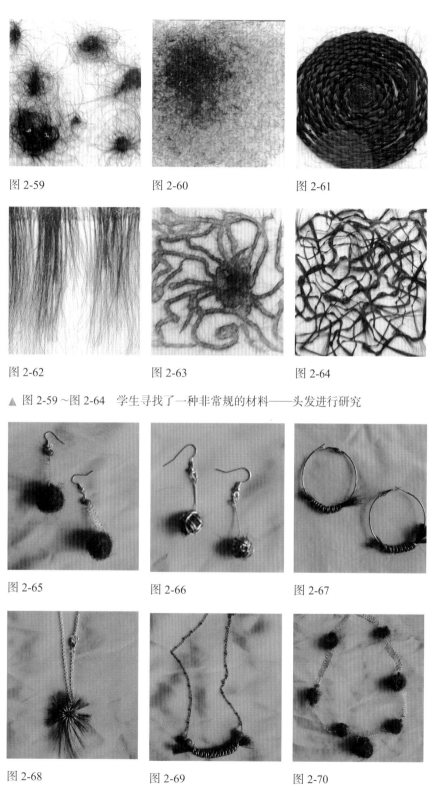

图 2-59　　　　　　　图 2-60　　　　　　　图 2-61

图 2-62　　　　　　　图 2-63　　　　　　　图 2-64

▲ 图 2-59～图 2-64　学生寻找了一种非常规的材料——头发进行研究

图 2-65　　　　　　　图 2-66　　　　　　　图 2-67

图 2-68　　　　　　　图 2-69　　　　　　　图 2-70

▲ 图 2-65～图 2-70　非常规材料之非常规设计

课题 4 RE

 课题说明

绿色设计的核心是"3R"——Reduce、Recycle、Reuse，即减少污染和消耗、回收再生循环、重新利用。设计师作为物的创作者，肩负物质文明和精神文明的双重责任，在使用地球上宝贵的材料资源时，要吸取和反省 20 世纪人类追求物质文明所带来的经验和教训，通过绿色设计避免过度浪费，提倡使用绿色材料、环保材料等。

设计师素质的培养，必须从设计基础教育开始，从设计立意、构想、创意到设计策划、立项、实施、构成阶段，都不能偏离生态的、低碳的、绿色的观念。设计教育应实实在在地提倡具有整体责任意识的现代设计，使绿色设计成为学生的思维习惯。

对于材料的生态、低碳、环保设计，可从以下几个角度进行思考：

（1）材料的回收再利用；

（2）天然材料的应用与开发；

（3）延展使用寿命；

（4）利于转为他用；

（5）有利于绿色回收；

（6）最大限度地延长生命周期，提高重复使用率。

 **作业要求**

1. 用相机记录下你观察或体会到的材料使用案例，并加以点评，做成电子文档。案例不少于八个。可针对某一种材料进行专项调查。

2. 运用身边可回收类、可再利用类材料制作作品，要求作品充分体现环保、低碳理念，形式感强。

学生示范作业

图 2-71　　　　　　　　　图 2-72　　　　　　　　　图 2-73

▲ 图 2-71～图 2-73　扣子是生活中熟悉的物品，如何对常见物品进行再利用是设计的关键

图 2-74　　　　　　　　　图 2-75　　　　　　　　　图 2-76

▲ 图 2-74～图 2-76　扣子与插花

图 2-77　　　　　　　　　图 2-78　　　　　　　　　图 2-79

▲ 图 2-77～图 2-79　牛仔布的材料体验

图 2-80　　　　　　　　　图 2-81　　　　　　　　　图 2-82

▲ 图 2-80～图 2-82　牛仔布的再利用——首饰设计

图 2-83

图 2-84

图 2-85

▲ 图 2-83～图 2-85　报纸杂志与板凳

▶ 图 2-86、图 2-87　果盘与瓶盖

图 2-86

图 2-87

图 2-88

图 2-89

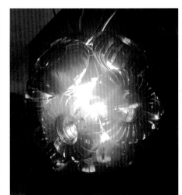

图 2-90

▲ 图 2-88～图 2-90　相同的选材，不同的创意——饮料瓶的再设计

▼ 图 2-91～图 2-100　同是"包"不同的是材料的选择

图 2-91

图 2-92

图 2-93

图 2-94

图 2-95

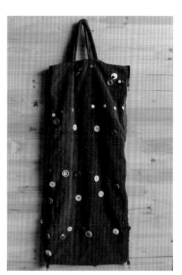

图 2-96

图 2-97

图 2-98

图 2-99

图 2-100

第3章 三维空间的形态要素

线材、面材、块材三种基本形态具有鲜明而独特的形态特征，是三维形态的基本要素，这三个要素具有很大的灵活性，经过组合可以形成丰富多变的形态，便于我们对造型规律和空间进行深入认识。

第1节 线 材

线材是以长度为表现特征的材料，是三维造型中运用的最基本的形态要素之一。线材具有速度感和方向性，能表现各种方向和运动力。线本身可形成形体的骨架，成为结构体本身。线的疏密排列使人产生远近感和空间感，线的紧密排列又可以产生面的感觉。总之。线作为极具表现力的形态要素被广泛地运用于各类三维造型中。（见图3-1）

一、线材的心理特征

线材具有空间感、轻快感、紧张感，有较强的表现力，有如人的骨骼支架。（见图3-2）

直线材：从心理和生理角度来看，直线具有男性特征，能够表达冷漠、严肃、紧张、速度、明快、锐利的感觉。

水平线材：水平线能使我们联想到地平线，能产生横向扩展的感觉，因此水平线能表达平稳、安定、广阔无垠的感觉。

垂直线材：是与地平面相交的直线形体，形成了与地球引力相反方向的力量，显示出一种强烈的上升与下落的力度和强度，能表达出积极向上、生长、希望、端正、严谨、纤细、敏锐的感觉。（见图3-3）

图3-1 具有弹性和张力的曲线，构成动感的城市景观

图3-2 夸张拉伸的线条，使作品生动有趣

倾斜线材：方向明确，富有动感、速度感、倾斜的动势也给人不稳定、动荡的感觉。（见图3-4）

图3-3 雷蒙·莫雷蒂设计的由不同颜色和不同粗细玻璃管材构成的排气塔，像发射的火焰垂直向上

图3-4 粗壮、倾斜的线条表现了动感和力量

折线材：有曲折、坚韧有力的感觉，具有一定的攻击性、不安定感。（见图3-5和图3-6）

图3-5 简单的直线，因为方向的不断变化而耐人寻味

图3-6

曲线材：从生理和心理角度看，曲线具有女性特征，能表达出优雅、优美、轻松、柔和、富有韵律的感觉。曲线可呈现凹凸的效果，大弧度曲线流畅、轻快、舒展、丰满、还可表现韧性、柔软、依附、节奏感等。（见图3-7和图3-8）

图3-7　巨大的圆弧线流畅地划过天空，富有弹性的线条给空间带来张力。尼西姆·梅尔卡多设计

图3-8　圆滑的曲线使巨大的形体因视觉上的动感而显得轻快、优雅。贝尔纳·韦内设计

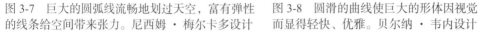

几何曲线：主要包括圆、椭圆、抛物线等，能表达饱满、有弹性、严谨、理智、明快和现代的感觉，严谨的线条也给人机械的冷漠感。其中，螺旋线是最富有动态和趣味的曲线。

自由曲线：是自然界中自然形成的或我们用手独立完成的线条。自由曲线是一种自然的、优美的、跳跃性的线型，能表达圆润、柔和、极富人情味的感觉，有强烈地活动感和流动感。

另外，线材的粗细不同，也会产生一些细微的变化，如粗的线材更为有力、牢固、健壮，细的线材则给人以敏感、纤细、优雅的感觉。（见图3-9～图3-11）

图3-9　纤细的线给人以紧张、轻快地视觉效果

图3-10　线在首饰上的运用——方向明确的斜线，纤细、紧张，充满张扬的个性

图3-11　平和、优雅的水平线传递温柔、典雅之感

二、线材结构形式

（1）框架构造：可分为独立线框的空间组合及框架构造。框架结构往往能形成韵律

感，框架结构的空间往往呈现出结构美感、技术美感和秩序感，在建筑和雕塑中经常用到。（见图3-12）

（2）垒积构造：把材料重叠起来，如积木一样只靠接触面间的摩擦力来保持形体，称为垒积构造。这种构成的关键是材料间的摩擦力和重心的位置。日常生活中超市里的商品陈列、展示常用到这种结构方式。

（3）桁架构造：所谓桁架，就是采用一定长度的线材，以铰节构造将其组合成为三角形、矩形等基本单元，以此为单位组成构造体，称为桁架构造。由于各部件间相互起支承作用，因而整体性较强，稳定性好，空间刚度大。这种构造常用作球形屋顶或展示用的球形展架。（见图3-13）

图3-12　严谨的几何线条与金属的质感相互呼应——现代而又富有个性的手镯设计

图3-13　建筑中的桁架构造体现了线的秩序美感

（4）抻拉构造：通过锚固等固定措施构成的稳定立体。当线材被拉伸后，会产生很强的反抗力，利用这种反抗力可以悬挂起很重的物体，这种构造在生活中比较常见，如晒衣服的晾衣绳、斜拉桥等。

（5）线层构造：线材按某种规律排列成曲面或直面的形式，这种构造我们称为线层构造。特点是线材本身不具有表现形态的功能，只是通过线与线的排列形成面，再通过面的组合形成空间立体形态。（见图3-14和图3-15）

三、线立体构成

线材的通透性好，遮挡性差，单根线材比较细长，视觉效果比较弱。（见图3-16）使用线材在三维空间中构成立体时，要注意两方面的问题：一是其造型的结构；二是线材间的空隙。处理好这两个方面，才能使整个立体形态具有较强的层次感、伸展感以及韵律感。在造型中线材应尽可能以组团的形式出现，处理好线材与线材之间的相互关系，做到疏密有度、高低有律，以增强视觉冲击力。（见图3-17～图3-19）

线材构成又可分为硬线材构成和软线材构成。

（1）硬线的立体构成：主要指木条、木棍、金属条、玻璃柱等具有一定刚性的线材

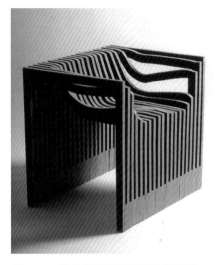

图 3-14　线的排列形成富于变化的面

图 3-15　线？面？虚实转换的屏风设计也成为一道风景线

图 3-16　陈箫汀的《高原牧歌》。简洁流畅的曲线条高度概括出高原生命的蓬勃生机

图 3-17　文楼的《凯风》。锐利的支点、倾斜的角度表现了一种乘风破浪的速度感

图 3-18　既是屏风，也可做挂衣架，线的秩序排列体现了形式与功能的统一

图 3-19　单根线材注重了在空间延展的效果

组合成的立体造型。硬质线材由于自身的硬度，塑造形体时所受的制约较少，组合更容易，形式变化也更丰富。其中，铁丝、竹篾条等硬质线材既具有一定的韧性、硬度，又可以像软线材一样弯曲、编织。（见图3-20和图3-21）

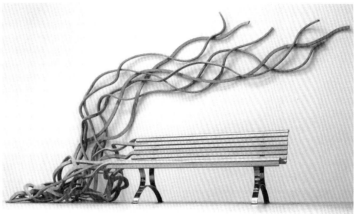

图 3-20　柔软的线条使座椅随意舒适　　图 3-21　直线与曲线的对比带来视觉的动感

（2）软线的立体构成：软线材有两种类型：一种是以有一定韧性的板材剪裁出来的线（如纸版、铜板等），这类线在一定的支撑下可以形成立体构成；另一类是软纤维（如毛线、棉线等）。软质线材本身不具备支撑性，需要借助硬的线材、板材、块材，通过粘结、焊接等手段进行造型，在造型上有一定的局限性。所构成的形态往往具有轻巧或较强的紧张感。软线材构成常用硬线材作为引拉软线的基体，即框架。构成框架的硬线材我们称之为导线。框架的基本形态可以是立方体、三角柱形、锥形、多边柱形，也可以是曲线形、圆形等。构成方法是将软质线材的两端固定在具有一定构成的框架上。框架上的接线点，其间距可以等距，也可渐变，线的方向可以垂直连接，也可斜向错拉连接，形成网状形态。（见图3-22～图3-24）

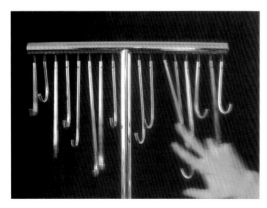

图 3-22　高低错落的线条充满节奏感　　图 3-23　以线为主题的室内设计，统一且富有个性

图 3-24　来自于自然的线材装饰，柔化了空间

第 2 节　面　　材

　　面材是以长、宽为形态特征的材料，具有平薄、延展的感觉，可以起到分割空间、限定空间的作用。（见图 3-25）面材是视觉上最有效的媒介物，任何立体形态都是由"面"组成的。面材的展示面积远多于线材，因此，材料属性表现得更为明显。面材从侧面看，具有线材的效果；从正面看，又具有块材的感受。总之面材的构成形式与观看角度不同，会给人带来完全不同的视觉感受。（见图 3-26）

图 3-25　面材的围合形成一个个半开放式空间

图 3-26　果盘的设计巧妙地利用了面材的延展性特点

一、面材的心理特征

面材：具有平整性和延伸性，侧面则具有线材的特征，有如人的皮肤。（见图 3-27）

面有三种基本形：正方形、三角形和圆形。

（1）正方形的特点是表达垂直和水平，有方正、规范之感；（见图 3-28）

（2）三角形的特点是表达角度和交叉，有尖锐、刺激之感；

（3）圆形的特点是表达曲线和循环，给人以流畅、舒展、完整的感觉。（见图 3-29）

由此派生出来的长方形、多边形、椭圆形等都离不开以上三种基本形的特点。

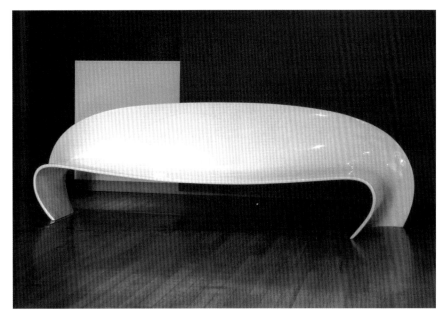

图 3-27　座椅的设计体现了面材的特点

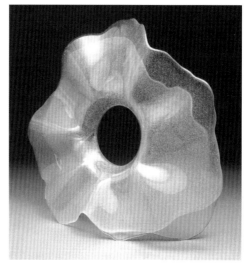

图 3-28　顶部和立面的四边形面材，既划分了空间，又给人方正、规范的感觉

图 3-29　不规则的圆形面材，自由舒展、流畅——首饰设计

二、面材的结构形式

（1）折板构造：在平面上画平行线，每隔一行折成凸起或凹陷的高低起伏的结构，便成为简单的折板构造。这种构成可以产生或加强立体感，同时折叠后板材的强度得到提高。（见图 3-30 和图 3-31）

图 3-30　面材的转折形成三维空间。既是标识，又是一道亮丽的城市景观

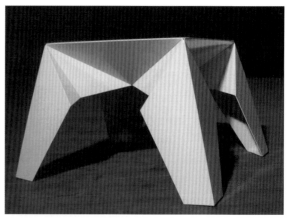

图 3-31　通过面材的折叠，满足功能及强度的要求

（2）薄壳构造：是利用最薄的材料达到极大的力度和强度的一种构成方法。由于构造类似贝壳形态而称之为薄壳构造。现代建筑中广泛的利用这种方法，如举世闻名的悉尼歌剧院就是薄壳构造。（见图3-32）

（3）插接构造：将面材裁出缝隙，然后相互插接。插接构造可以由简到繁，由少到多，形成较大而复杂的立体形态。其形态可以做成开放式的，也可以做成封闭式的，甚至可以做成球体。插接构造具有结构的美感。（见图3-33～图3-36）

（4）切割翻转构造：平面的扭转变化会形成曲面，如自然界中树叶的卷曲一样。曲面在空间中能表现出轻快活泼的效果。切割是面材加工中一种十分有效的手段，可以大大增加面材的变化空间，经过切割的面材具有透空性，切割后进行弯曲、翻转构造，可以形成丰富空间效果。（见图3-37和图3-38）

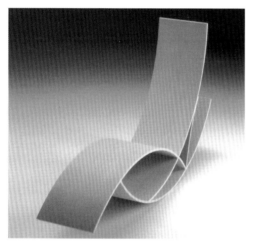

图3-32　形式与功能的完美结合

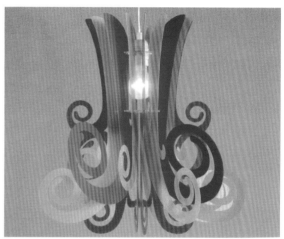

图3-33　插接构造的灯具设计

图3-34　相似的四边形随意的插接在一起，变化中的统一

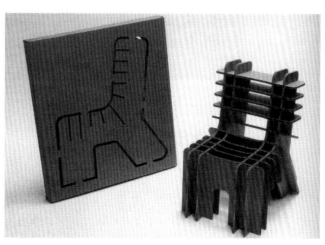

图3-35　运用插接构造，使产品变得容易组装

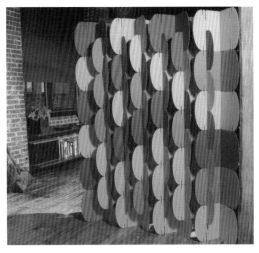

图 3-36 相同的单位形相互插接，组合成具有形式美的屏风设计

图 3-37 面材的循环翻转，形成优雅、流畅的曲面形态

图 3-38 西班牙苏索的《盘的开启》，不锈钢材质。圆的切割翻转，使空间活跃起来

三、面立体构成

面材具有较强的可塑性，二维特征的面材经过加工可以成为具有三维特征的形态，形成丰富的空间效果。面立体构成应用非常广泛，包括家具的板材组合、商品的包装、室内设计、建筑的外观设计等。（见图3-39）

将若干块面材，按一定次序进行排列组合，可形成丰富多变的形态。（见图3-40和图3-41）排列组合的基本形可以是重复的，也可以是近似、渐变等有规律的变化；（见图3-42）层面的排列可以是平行的、错位的、发射的、旋转的、弯折的，排列时要注意体现节奏感、秩序感。层面的排列也可以视觉平衡为判断依据，创造出富于动态变化的面的自由构成。（见图3-43～图3-47）

图 3-39 面材的翻转、穿插形成具有强烈空间感的三维形态

图 3-40 保加利亚密特克·迪纳夫
《头》，钢板喷漆。相同板材的秩序
排列，节奏感的表现

图 3-41 面材插接在产品中的运用

图 3-42 相似面材的排列组合，
使灯具变化而统一

图 3-43 体现面材元素特点的产品设计

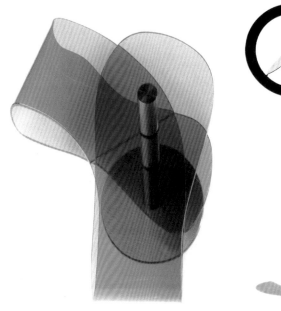

图 3-44 透明材质的面材运用，使产品层 图 3-45、图 3-46 灯具设计中巧妙的运用"面"的翻转，
次丰富，富有变幻 调节光线

图 3-47 面材在产品设计中的运用

第 3 节 块　　材

块材是立体造型中最基本的表现形式，是具有长、宽、高三度空间的量块实体。块材与外界空间有明显的区分，是最具立体感、空间感和量感的实体，具有占据空间的作用。在创作中要注意块材空间的虚实对比，充分利用块材的语言特征，表现作品内涵。（见图 3-48）

一、块材的心理特征

块材：给人以重量感，充实感，具有较强的视觉效果，有如人的肌肉。（见图 3-49）

球体：形体饱满而完整。圆形球体象征美满、新生、内心强大、传统。（见图 3-50）

图 3-48　富有体量感的块材雕塑作品孕育着无穷的力量

图 3-49　巨大的形体，简洁的外形，量感是其重要的表现语言

椭圆形球体：容易让人联想到科技未来、宇宙、生命的孕育等，倾斜放置的球体给人以滚动的感觉。

正方体、长方体：厚实的形态与清晰的棱角，给人以稳重、朴实、正直之感。（见图 3-51）

锥形体：锐利的尖角显示出不同的特征，有力度、进攻性、危险感。

有机形体：流动性强、层次丰富、给人以饱满而富有变化的感觉。（见图 3-52）

图 3-50　开裂的球体，创造了一个想象的空间

图 3-51　统一的形体，通过色彩形成对比变化

图 3-52　有机形体流动变化的曲线给人自然舒适的感觉

二、块材的结构形式

（1）块材的分割：是指对整块形体进行多种形式的切割，从而产生新的形态；或将切割后的形体重新组合，由于被分割的块体之间的关联性，所以很容易成为构造合理且有机统一的形体。

（2）块材的积聚：主要包括单位形体相同的重复组合和单位形体不同的变化组合。块材的积聚要注意形体之间的贯穿连接，结构要紧凑，整体既要变化丰富，又要协调统一。（见图 3-53）

在空间形态的创造中，这两种结构形式的混合应用最为常见。（见图 3-54）

三、块立体构成

块状材料构成的造型给人以稳重、扎实、力度感，块材强调大块面的造型分割与体量感塑造，特别是在阳光下形成的投影可以给人以稳如泰山的感觉。（见图 3-55）

块立体构成的实用性很强，在塑造形体的设计中运用十分广泛，如城市雕塑、工业产品、建筑设计等，都以体块的形式出现。块立体构成可以是一个造型简单的独立单体构成，也可以是由多个同质或异质单体通过一定的形式组织构成一个造型复杂的空间立体形态。（见图 3-56 和图 3-57）

图 3-53 相似形的组合显得变化而统一

图 3-54 将长方形的花岗岩堆成圆弧形，相互之间用不锈钢棒紧固，重得似乎要落下来。马库斯·施坦格尔设计

图 3-55 运用灯光和色彩，使块材变得轻盈

图 3-56 不同的切割面使建筑如同一个巨大的体块，富有变化和创意

图 3-57 以体块形式出现的室外公共座椅坚固耐用

课题 5　线 材 造 型 表 现

　课题说明

线是构成空间立体的基础。三维空间中的线是相对细长的立体形。不同的线形有着不同的语义，如粗厚的线刚直有力，细薄的线柔弱委婉；直线构成的造型使人产生坚硬、呆板的感觉，曲线则使人感到舒适、幽雅。线的不同组合方式，则可以构成千变万化的空间形态。

线材的材质也多种多样，如表面光滑的铁丝，材质粗糙的麻绳，不同材质的线材产生的视觉、触觉效果有很大的不同。即使是同一性质的线材，通过造型处理方法的微妙变化，也可使作品产生不同的感觉。

　作业要求

1. 寻找一线形材料，在了解了材料特性的基础上，在 A4 纸上表现 5 个构思稿，在构思形式及表现方法上要有所区别，至少表现三个面。

2. 经过讨论，从 5 个构思稿中选择 1 个最终表现方案，用所选线材材料按步骤进行构成表现，要求作品能体现线材的刚硬和柔韧、轻盈和稳定等形态特点。

3. 用文字表现造型主题。

学生示范作业

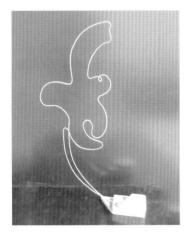

◀ 图 3-58　造型给人以轻巧、愉悦之感，体现了线的柔性美

▶ 图 3-59　该同学试图运用线来表现上海城市轮廓的感受，线的错落有致、穿插组合，使作品具有较好的空间层次感

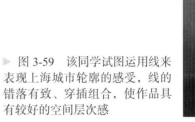

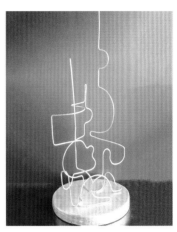

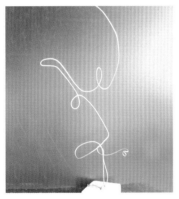

图 3-60　线舞

图 3-61　该作品加强了线的粗细对比关系，造型生动有趣

图 3-62　线的疏密对比，使作品具有简洁而不简单的感受

图 3-63

图 3-64

图 3-65　天鹅。大弧度的曲线较好的表现了天鹅给人的视觉美感

图 3-66 女人。头发的处理，加强了造型的立体感表现

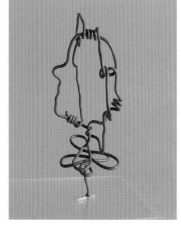

图 3-67

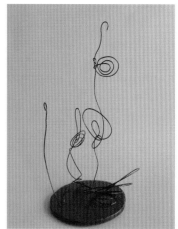

图 3-68

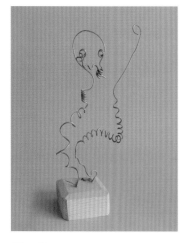

图 3-69

图 3-70

图 3-71

图 3-72

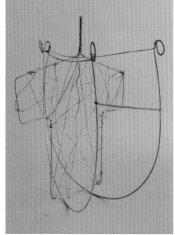

图 3-73

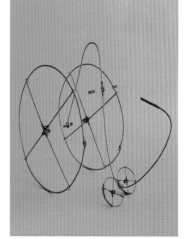

图 3-74

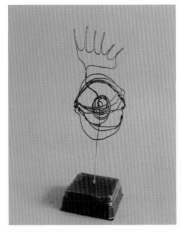

图 3-75

图 3-76

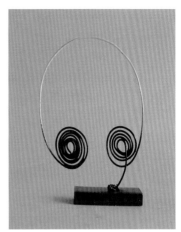

图 3-77

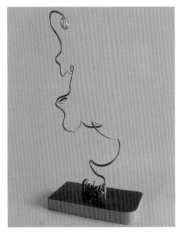

图 3-78

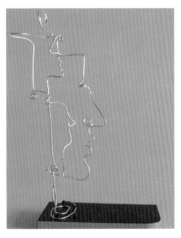

图 3-79

图 3-80

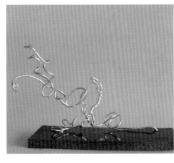

图 3-81

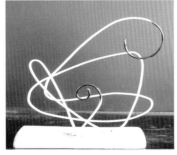

图 3-82

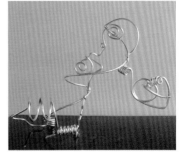

图 3-83

第4章　三维形态的造型表现

第 1 节　形态与结构

　　形态与结构之间有着密切的关系，不同的形态、不同的材料决定不同的结构关系。合理、巧妙的结构方式又能最大限度的展示材料的性能和形态的美感，各种各样的结构方式也产生多样的形态变化。（见图 4-1 和图 4-2）

图 4-1　巧妙的结构使座椅便于折　图 4-2　家具的榫卯结构体现了结构与材料的完美结合
叠携带，形式感强

　　结构普遍存在于大自然的物体之中，自然界的生物要保持自己的形态，就需要有一定的强度、刚度和稳定的结构来支撑。如蜂窝六边几何形状使形与形之间获得最佳的结合关系，且延展性也较好，这种科学合理的六角形排列结构也因此被称为蜂窝结构，并广泛运用于一些质轻而强度高的材料结构上。（见图 4-3 和图 4-4）

　　从设计中的人—物—环境之间的关系出发，将形体内、外以及内外之间产生的各种结构形式进行分类和归纳，并对这些不同的结构类型进行各种组合，就可以形成更多的可能性。这些结构形式主要有：排列、桁架、堆积、框架、编织、层叠、插接、曲折、壳体、组合等。

图 4-3 六角形的蜂巢结构是大自然的杰作 　　图 4-4 蜂窝的结构在灯具上的运用

一、排列

在形态构成中，排列训练可以根据不同的构思形式，用一定数量的线材、面材或块材的单位形，在三维空间中利用平行、错位、倾斜、渐变、旋转等表现手法，注意控制单位形之间的空隙或间隔，进行各种有秩序的连续构成，从而形成排列这个结构形式。（见图 4-5）

二、桁架

桁架是由一定长度的不同材料的线材，用铰节点组合起来的结构形式，也是建筑设计上根据材料受力的特点，运用较多的表现形式。（见图 4-6）

图 4-5 单位形的重复排列，强化了形体的空间层次

图 4-6 桁架结构能够使材料强度得到重要发挥，便于结构变化组合

桁架通常具有三角形、矩形、拱形、梯形的结构形式，用以跨越空间、承受载荷。其单位长度相对较短，用料较省，整体性较强，稳定性较好，空间刚度较大，可以适应较大的跨度，构成既轻又结实的形体。

在形态构成中，桁架训练可以从不同的主题出发，运用三角形、四边形等几何形式，组合成框架单元形，并充分发挥材料本身的特点与物理性能，注重形式上的变化，作各种展开，形成桁架这个结构形式。

三、堆积

堆积是指单元体堆放在一起，靠重力和单元体接触面的摩擦力来维持三维的形体。在形态构成中，堆积训练可以用不同材料的线材、面材、块材作为基本的构成元素，该元素可以是几何形的，也可以是有机形的，作为单体的形态可以是单一的，也可以是系列化的。作品的构成过程要注重"堆"的感觉，注重视觉的平衡美，表现作品随意性的美感效果。（见图 4-7 和图 4-8）

图 4-7　堆积。"堆"赋予形体随意、自然之感　　图 4-8　几何形的儿童积木可以任意堆积出各种形体

四、框架

框架的基本形态可以是立方体、三角柱形、锥形、多边柱形，也可以是曲线形、圆形等基本形。用相同的立体线框按一定的秩序排列或交错垒积构成的框架结构形式，可以产生丰富的节奏和韵律。这种框架除重复形式外，还可有位移变化、结构变化、穿插变化等多种组合方式。（见图 4-9）

在形态构成中，框架结构训练应有整体感，结构要稳定。空间发展不要太封闭，注意采用的形状可以多样化，但单元的种类不要太多，否则，造型效果容易杂乱。可在框架中添加形象或在秩序排列的方向上进行变化，使其产生空间节奏，同时增加美感，并尝试多种空间组合，形成富于变化的框架结构形式。（见图 4-10）

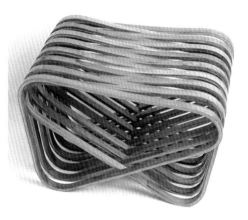

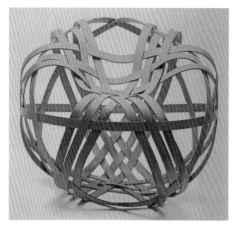

图4-9 相同框架的排列组合，造型简洁单纯　　图4-10 相同框架的交错编织，形成空间感的形态

五、编织

编织是一种以线材构成为主的结构形式。在形态构成中，编织的结构形式有：线群结构、线织面结构、自垂结构和以拴结、箍结等手法为主的编结结构。作品在表现过程中，要注意相互呼应，协调统一，并充分发挥编织的视觉特点和效果。（见图4-11）

六、层叠

层叠是用平面材料通过叠置或粘贴，形成高低错落、起伏跌宕、具有独特的形式美感的形体。层叠的单位形可以是具象形态，也可以是抽象形态，同时可以用重复、近似、渐变等表现手法做有规律的变化。在创作过程中，要注意形态的和谐性、平衡性和空间的层次感。（见图4-12）

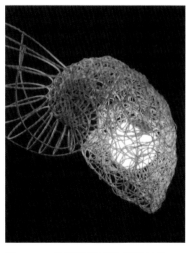

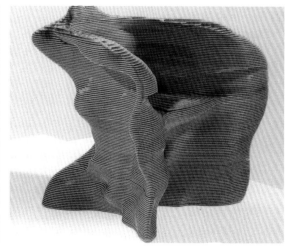

图4-11 传递温馨感的编织结构　　图4-12 面材的渐变层叠，形成曲线优美的立体造型

七、插接

插接是指将单位面材切出缝隙，然后相互插接，依靠插接后单位面材相互间的钳制来维持形态，空间相互穿插、分割，这种表现方式具有丰富的表现力。插接作为一种简洁的构件连接方法，在设计中经常使用，家具设计中的板式家具，就是利用插接的方法以便于拆装，常见的儿童玩具和产品的零部件中都能看到插接的结构。（见图 4-13）

在形态构成中，插接的结构表现形式又分成：几何单元形插接、表面形插接、断面形插接、自由形插接。在构成形体时，插接缝的位置决定插接构成的外形，同时注重设计和处理插接的面形，使最终的形体富于变化。单元面形的无限组合会形成紧凑、活泼的形体效果。自由形的插接能表现出简洁、轻快、现代的感觉。

八、折曲

折曲可以是直线折曲，其形体具有棱角分明、造型硬朗的特点；也可以是曲线折曲，形成的曲面或曲体能展示空间的流动性和柔和、优雅、活泼、饱满的感觉；还可以是重复折曲，利用直线和曲线的折曲，将单元多次重复或者变化，可以形成丰富的肌理效果。（见图 4-14）

图 4-13　单位形的相互插接，可以形成强度高、　图 4-14　重复折曲的三维造型，空间感强
变化多的形体

九、壳体

壳体结构是利用面材的折叠或弯曲来加强材料强度的形态，作为一种弧形薄膜状的空间结构，常常被用来做大型体育馆、剧场、会馆中心的顶部，它具有轻巧、坚固并能节省材料的特点。（见图 4-15）

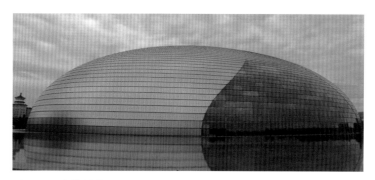

图 4-15　壳体结构的大尺度曲线给人以流畅、优雅之感

十、组合

　　组合是将多种富有变化的元素构成新的形态的结构形式。组合实质上是量的"增加"，其主要包括单位形体相同的重复组合和单位形体不同的变化组合，并充分运用均衡与稳定、统一与变化等形式美的法则，创造具有一定空间感、质感、量感、运动感的造型形态。（见图 4-16）

　　在形态构成中，组合结构要注意形体之间的贯穿连接，结构要紧凑，整体要富于变化，要注意发挥各种构成因素的潜在机能，组成既有运动韵味，又富于空间变化，且协调统一的优美形态。

图 4-16　组合结构中要充分注意单位形的变化与统一

第2节　形态的知觉特征

　　人们是通过视觉和触觉认识形态的。人的审美心理活动是包括人的内在心理活动和外部行为，是感觉、记忆、思维、想象、情感、动机、意志和行为的总称。也就是说，人们的美感是通过感觉和知觉，并由复杂的联想和印象构成的。知觉是把感觉刺激变成有意义的个人经验，并通过联想形成对形态的整体想象的综合反映。

　　形态的知觉特征直接关系到形态表面感知的反映，它反映了形态一种表面性、直观性的现象，比如力感、通感、量感、动感、稳定感等。

一、力感

　　力给人一种神秘感而吸引着人的心理，从古至今，人们畏惧力、崇敬力，具有力感的形态总是具有巨大的吸引力和震撼力。（见图 4-17）

形态中力感的表现往往通过形态的向外扩张及某种势态，饱满的形态往往有一种向外扩张的力感，前倾或垂直的形体有一种向前或向上的动势，弯曲的形体有一种弹力感。（见图4-18）

图4-17　块材往往具有力量的象征　　　　图4-18　弯曲饱满的形态形成弹力感

二、通感

人们日常生活中视觉、听觉、嗅觉、触觉等各种感觉往往可以彼此交错，相互交融，例如，由听觉去表现视觉，由视觉去表现听觉，视觉还可以成为触觉的先导，这种交错相通的心理经验体验就称为通感。（见图4-19～图4-22）

根据人们具有"通感"的心理特点，设计师必须广泛地吸收其他艺术营养，来不断补充和提高自己的艺术修养，以此来拓宽自己的设计视野，提高形态设计的文化和艺术内涵。

图4-19　用色彩和画面表现音乐感受的练　图4-20　轻音乐
习。爵士乐

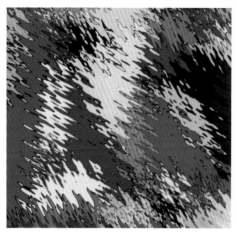

图 4-21　流行音乐　　　　　　　　图 4-22　奏鸣曲

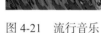

　　量感主要是指对形态的重量感觉，包括体积的大小、容积的多少。

　　形成量感的因素有两个方面：一是物理量感，二是心理量感。物理量感通常来自形体的大小，材料的质量等因素，是可以测量和把握的。心理量感是指人们在感知某一形态后心理所产生的重量感，是可以感受而无法测量的量，心理量的大小取决于心理判断的结果，它源于物理量，又与之不同。（见图 4-23）

　　量感还包含着形态数量的感觉，当同一形态的形体重复出现，并形成一定量的时候，能增强视觉的诉说力，大地艺术就是在空间中利用一定数量的形体的重复，形成壮观的景观艺术。（见图 4-24）

图 4-23　重心的提升加强了量感的表现　　图 4-24　大地艺术的壮观通过量感体现

四、动感

一切具有生命力的形态都蕴涵着动感，而带有动感的艺术品往往有很强的吸引力。在形态设计中，设计师往往利用一些具有动态的设计要素来加强形态的动感。（见图 4-25 和图 4-26）

图 4-25　单位形的方向渐变排列带来旋转的视觉效果

图 4-26　流畅的曲线赋予产品动感

五、稳定感

稳定一般可以分为物理上的稳定和视觉上的稳定。物理上的稳定与物体的重心有关。通常，重心在物体 1/3 以上的高度就显得不稳定，因此，物体的重心越高，就越不稳定。视觉的稳定感主要指人们对物体稳定性的心理感受。缺乏稳定的物体会影响到形态的美感，但过分强调稳定也会导致形态的笨重、呆板、僵硬、乏味。因此，在形态设计中，要把握好稳定与轻巧的关系，在注意形态稳定性的同时又不失其生动轻巧的特点，在追求变化、灵巧时，又考虑到形态的安定与平衡，使形态在视觉上获得稳定感。（见图 4-27）

图 4-27　视觉上的平衡和物理上的稳定相统一

第3节 三维形态的造型表现

一、三维形态在设计中的运用

三维形态的应用范围很广泛。

1. 形态在产品设计中的应用

产品形态是设计师对产品外观进行的一种定义，它通过视觉方式向人们传达产品的某种外在信息，使消费者在第一眼看到产品时就会从印象层面给产品以初步评价，这种评价往往是先于消费者对产品的深入了解而做出的。（见图4-28～图4-30）

图4-28　椅子形态体现了设计的个性表现

图4-29　注重与环境统一的海边公共休息设施

图4-30　既是玩具，又是座椅，形式与功能的结合

2. 形态在首饰设计中的应用

首饰设计是人造美饰的活动，从本质上讲就是形态的创造与设计。不管是何种首饰，从设计活动的开始设计者就应该以点、线、面的构成要素与形式美的法则来进行创造与设计，美是首饰设计的灵魂。（见图4-31和图4-32）

3. 形态在建筑设计中的应用

建筑形态通常是指建筑内在的空间本质在一定条件下的表现形式和组成关系。作为传递建筑信息的第一要素，建筑形态肩负着建筑师书写创作意图和读者解读设计思想的双向任务，是建筑师和建筑使用者之间的一座沟通桥梁，它能使建筑内在的空间、组织、结构、内涵等本质因素上升为外在表象因素，并通过视觉、触觉使

图4-31　注重点、线、面形态要素关系的首饰设计

图4-32　点的诱惑——首饰设计

人产生一种生理和心理的感受过程。人们的审美背景不同,对建筑形态的理解也各不相同。作为时代的产物,各个历史时期的建筑形态往往深受这一时期的主流审美意识的影响,反映时代的文化特征。而这些作品中记录的文化信息也能唤起后人对特定时代的某一文化特征和社会心理的无限追忆和遐想。因此,对建筑形态的理解和认知,必须置身于研究对象所处的特定环境中去审视,置于设计师设计思想的脉络去整体思考,才能取得较为系统、客观的认知。

从人对建筑外部的视觉感受来看,建筑形态包括形状和情态两个方面,从本质构成来看,建筑形态包括外在实体形态和内在空间形态两个方面,是由实体和空间组成的整体概念。建筑内、外部形态是统一整体的两个方面,相互影响、相互制约。为了创作出独具特色的建筑形态,建筑师们不断探索,力求由表面状态描写到内在本质的挖掘,由瞬间的现象表达过渡到分析、构建的把握,使形态语言被充分利用,来更多的承载信息,起到沟通交流的作用。(见图 4-33 和图 4-34)

图 4-33 流畅的曲线使建筑富有动感和节奏感

图 4-34 注重立面变化的建筑设计,统一而富有变化

二、三维形态的造型表现

1. 三维形态的具象表现

具象形态是依照客观物象的本来面貌构造的写实,其形态与实际形态相近,反映物象的细节真实和典型性的本质真实。人类创造的形态中,更多地反映人的眼睛所看到的现实世界,它是人对自然的视觉记录,用它来抒情言志,叙说故事,是服务自然客体的艺术形态,重视"视觉描述"(见图 4-35)。

2. 三维形态的抽象表现

抽象形态是指具象形态进行变形、夸张、简化提炼而产生的形态。在三维的空间里，凡是形象切断了与自然或现实之间的联系，以至于无法识别或者思考其形象的造型形态，均称之为抽象形态。抽象形态是具象形态的升华，是人类对美的追求心理的一种新的思维方式，属于造型的进一步阶段。（见图4-36）

图4-35 表现生活的具象形态，真实地呈现过去的记忆

图4-36 夸张、变形的抽象形态，给人以强烈的视觉效果

在进行抽象形态练习时，我们必须把握自然形态的特征，按照一定的规律和法则重新构成，才能创造出新的形态造型。

（1）几何形态。几何形态是指基本的几何形，如三角形、正方形、长方形、圆形等经过合理的组合加工所形成的三维造型。可以是单一几何形的组合，也可以是几种几何形相互穿插组合。几何形状的产品往往容易加工，且利于大批量生产，因此成为主流。（见图4-37）

（2）有机形态。有机形态是指可以再生的，有生长机能的形态，它给人舒畅、和谐、自然、古朴的感觉，有机形态属于抽象形态的

图4-37 几何形的抽象形态，简洁明快的表现主题

一种，它不受数理规则的束缚，看上去无规律，但又以某些自然物的形状为原形加以变形产生。（见图4-38）

有机形体造型的特点在于形体的三个向度关系是自由转化的，不像几何形体那样可通过

图 4-38 有机形态往往充满生命的律动

数学方式来处理,正是这一特点,使有机形体的造型表现出自由的韵律,生命的动力和丰富的体态以及不同的空间关系。但造型时需要考虑形本身和外在力的相互关系才能合理存在。

(3)偶然形态。偶然形态是指偶发性行动创造的形态。例如:用手把纸撕破而成的形态;用碎石压纸而成的凹凸形态;用手把纸揉皱的形态;用火烧某物体吹灭后而成的形态,是在创作前往往可以预料后果的不规则形态。(见图 4-39)

偶然形态也可指自然形成,非人的意志可以控制结果的形,它给人特殊、抒情的感觉,但有难以得到和流于轻率的缺点。

3. 三维形态的意象表现

意象形态,是有别于具象形态和抽象形态的,可以说是介于二者之间的一种造型形态。尤其是在一些雕塑作品中,它既不像具象雕塑那样再现现实,也不像抽象雕塑那样不可识别,而是在对现实形态的"似与不似"之间寻找表达生命的意象。(见图 4-40)

图 4-39 满足个性需求的偶然形态

图 4-40 意象形态在似与不似间,给人无限想象空间

课题 6 石膏曲线体练习

 课题说明

石膏是一种常见的工业原料，具有凝结硬化快，价格便宜，加工性能好，可浇制、打磨，成型立体感强，强度高等特点。素描写生中常用的石膏像即石膏制品。

"形态"不仅涵盖着事物的外表状态，还具有事物存在的状态、构成形式等丰富内涵。艺术与设计学科中的"形态"一词，更多地被赋予了形状和造型的概念。就设计而言，形态既是功能的载体，又是文化的载体，所有设计的内涵和价值都要通过形态进行表达与表现，所有外界的认识和理解也都要通过形态加以描述。

有机形态是指可以再生的，有生长机能的形态，它给人舒畅、和谐、自然、古朴的感觉，但需要考虑形本身和外在力的相互关系才能合理存在。

本课题选用石膏作为原材料，设计制作一有机形态，要求在制作过程中，体验形态的知觉特征，力感、量感、动感的表现，块材的语言特征，块材的虚实变化以及空间感表现。

由于石膏固化较快，在制作时具有一定的偶然性，学生可先根据方案制作一到两个草模，以充分了解石膏特性，在此基础上，完善方案，并寻找一些辅助工具，如具有各种弧度的物品作为模具，以获得自己想要的曲线。

作业要求

1. 材料体验，了解石膏的制作过程以及性质；

2. 在材料体验基础上，构思 10 个方案草图；

3. 浇制石膏模型，在制作过程中进一步完善方案；

4. 文字总结。

📖 学生示范作业

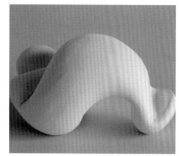

图 4-41

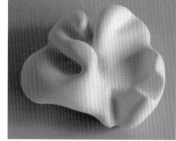

图 4-42

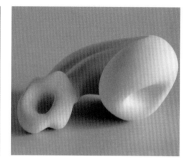

图 4-43

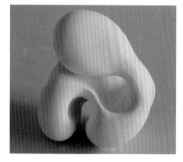

图 4-44

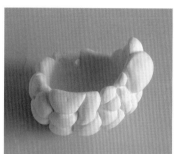

图 4-45

▲ 图 4-43 作品的孔洞表现了一种大小对比和相互呼应的关系

◄ 图 4-45 该同学在寻找辅助工具时颇费了一番脑筋，通过绳索扩扎，作品表现一种不同的肌理感受

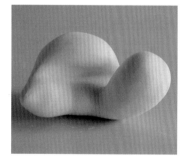

图 4-46

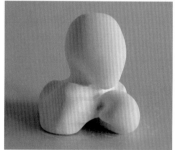

图 4-47

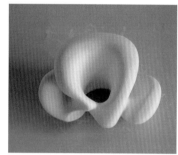

图 4-48

▲ 图 4-46 上扬的部分使造型具有动势

► 图 4-49 通过辅助工具所获得的形态

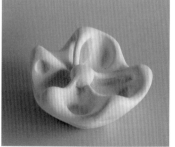

图 4-49

图 4-50

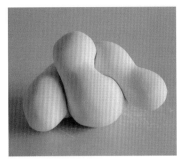

图 4-51

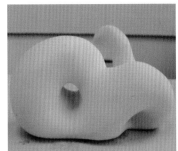

图 4-52

图 4-53

▲ 图 4-51　紧紧咬合的两个形体
　　　　　使造型生动有趣

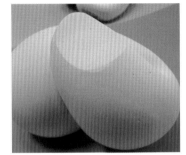

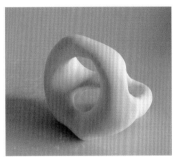

▶ 图 4-54　扭转的形饱满而生动

图 4-54

图 4-55

图 4-56

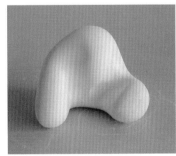

图 4-57

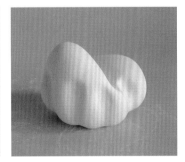

图 4-58

图 4-59

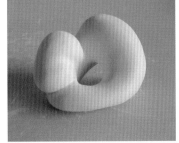

图 4-60

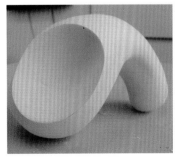

图 4-61

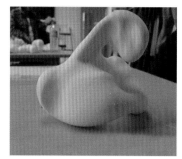

图 4-62

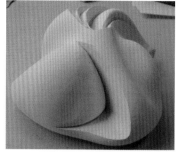

图 4-63

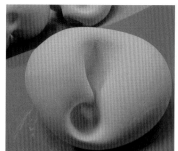

图 4-64

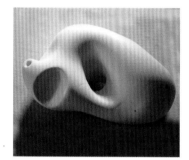

图 4-65

图 4-66

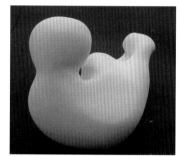

图 4-67

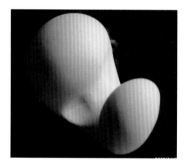

图 4-68

图 4-69

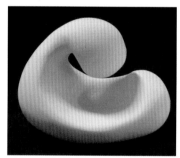

图 4-70

图 4-71

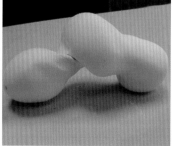

图 4-72

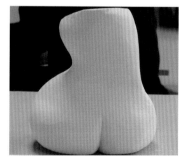

图 4-73

课题7　单 体 与 组 合

课题说明

简单的形体通过组合往往会产生丰富多变的形态变化。从一个看似简单的单体出发，通过一定的结构关系进行各种空间架构，可以获得一定的体积、空间的形态组织，构成一种独立性的造型。

由单体到单体组合的空间形态，可以帮助同学更好地理解二维到三维的转变，获得从同一元素向不同造型结果转换的应变能力；通过单体的重复组合，可以帮助同学研究空间架构的规律，掌握三维形态的基本构成法则及造型规律。

在单体的架构过程中，组合的结构决定了造型形态的组织形式。在表现形式上的主要特征：一是形象的重复美，二是形象之间在整体上所形成的韵律美。在构思过程中要注意以下几点：

（1）单体的基本造型。要注意单体造型的精巧、简练，避免过于复杂、变化。

（2）单体间的链接。要处理好单体与整体之间的衔接关系。

（3）要注意形象的完整性，又要有适度的变化。

（4）空间的拓展与重心稳定，处理好视觉与物理上的平衡关系。

作业要求

1. 构思确定单体形状（如三角形、正方形等简单几何形）。

2. 构思单体的空间拓展形状以及单体间的结构方式（即单体间的卡口链接方式），要求结构稳定。

3. 根据草图构思选择材料（卡纸等），制作单体及单体拓展草模。

4. 在草模基础上，完善方案，构建体积与空间形态。

📖 学生示范作业

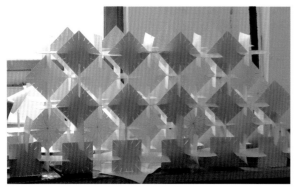

图 4-74　正方形的架构

图 4-75　细节表现

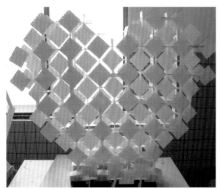

图 4-76　单体组合

图 4-77

图 4-78　制作过程

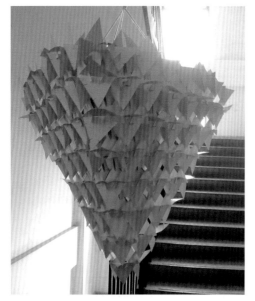

图 4-79　三角形与三角体

图 4-80

图 4-81　六边形的架构

图 4-82　单体组合　　　　图 4-83　细节表现　　　　图 4-84

图 4-85　　　　　　　　　图 4-86　　　　　　　　　图 4-87

图 4-88　圆形的构想　　　　图 4-89　单体架构　　　　图 4-90　同样的单
　　　　　　　　　　　　　　　　　　　　　　　　　　　　　　位形，不同的组合

图 4-91

图 4-92　细节表现

图 4-93

图 4-94

图 4-95　KT 板材的
架构

图 4-96　细节表现

图 4-97

图 4-98

图 4-99

图 4-100

图 4-101

图 4-102

图 4-103　线材的架构

图 4-104

图 4-105

图 4-106

图 4-107

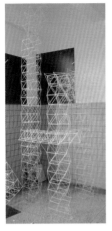
图 4-108

图 4-109

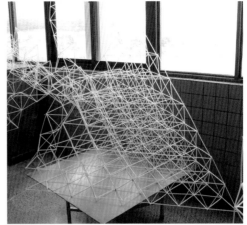
图 4-110

图 4-111

图 4-112

图 4-113

图 4-114

图 4-115

图 4-116

第5章 三维空间的动造型

　　运动是时间和空间的统一，而时间和空间的结构是造型的本质所在。从 20 世纪初开始，不少艺术家开始实验、创作能够运动变化的造型，探索运动造型的特殊魅力。（见图 5-1 和图 5-2 ）

　　动态造型艺术是以现代科技文明为基础的，是与科技文明成功地结合在一起的艺术。

图 5-1　杜桑的《自行车轮》。以车轮转动带来了一种新的视觉角度，成为活动装置的前身

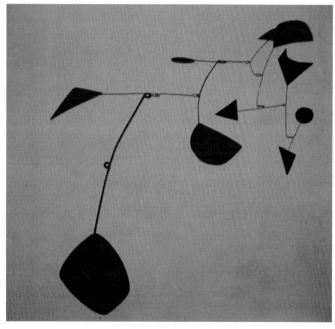

图 5-2　依靠风力的动造型。亚历山大 · 考尔德

第 / 节　动 造 型 的 概 念

　　动造型的本质特征，是在空间中根据时间的变化而产生形态变化的魅力。"动"赋予形态新的生命，融入了动的因素，形态不再单一，不再静止。现代的动造型，是靠科学技术和艺术的结合而形成的，是具有新的生命的形式。

一、动造型的历史发展

造型艺术对动力的关注最早可追溯到 20 世纪初,不少艺术家开始探索把运动和光效应用于造型。1920 年,俄国构成主义雕塑家诺曼·嘉博创作了一件由马达驱动的简单动力作品,称为《机动雕刻》(见图 5-3),另一位艺术家马赛尔·杜桑制作了由马达带动的活动造型《回转的饰板》(见图 5-4),从而开创了将真正的运动引入造型的实验。

包豪斯的教授莫霍利·那基是从方法理论上系统地研究光和运动造型的先驱之一,1923～1933 年他在包豪斯教学期间开始提出有关光、空间、运动的造型思想,并实践创作了光动造型作品《光与空间的调节器》(见图 5-5),这件作品不仅显示了运动带来的形体、材质、空间的变幻,而且展示了光的有意识应用给造型带来的奇特效果。

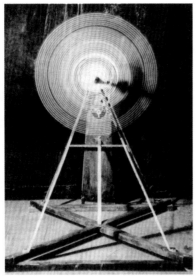

图 5-3 诺曼·嘉博的《机动雕刻》

图 5-4 马赛尔·杜桑的《回旋的饰板》。由马达带动五片前后错开的玻璃板,产生一环一环变幻的图像

图 5-5 莫霍利·那基的《光与空间的调节器》。作品由打洞的金属板、金属管、塑料板做成,通过马达驱动,强光照射下构件呈现万花筒般的画面效果

美国艺术家亚历山大·考尔德 1926 年起开始用铁丝和木头等材料制作一些很有特色的活动装置,1932 年,这些被称为"模摆儿"的活动装置首次展出。考尔德也成为第一位将运动作为作品本身基本效果的艺术家。

光动艺术在 19 世纪 60 年代通过一系列的展出和大量实验性派别的成立,获得巨大的新动力,形成有世界性影响的运动。直至 20 世纪 80~90 年代,更多注重形与空间探索及精神性表达的优秀造型艺术家,继续利用光、运动等媒介进行卓有成效的创作活动、并以科技发展为永不枯竭的源泉,不断创造令人耳目一新的艺术作品。光动艺术的兴盛表达了人们对科技的巨大变革所产生的种种向往、崇拜、希望和恐惧。(见图 5-6 和图 5-7)

图 5-6 风和马达转动圆形和方形的不锈钢反射板，反射周围景象，带来时间上的变化。尼古拉·舍弗设计

图 5-7 亚历山大·考尔德的《可活动的雕塑》。由折曲的三角形构成，随着观看的角度不同而变化

二、动造型的应用范围

在设计领域中动的要素作为主要的表现手法被频繁地使用，如在广告 POP 以及商品展示、陈列空间等领域，作为引人注目的有效手段，动造型给人带来一种新的视觉效果。

动的艺术作品并不仅限于单一的平面、立体的作品，而是已扩大到室内以及都市空间、野外空间等领域，成为公共艺术中重要的组成部分，起到点缀都市景观、强化环境特征的作用，这些具有丰富的精神内涵和表现形式的作品，极大地丰富了艺术原有的语汇。尤其是环境科学、景观设计等学科的相互交融，为动造型提供了更为广阔的空间。

（一）环境空间中的动造型

经常变化形态表情的动造型，并不仅是纯粹的装饰品或几个孤零零的艺术品的存在，它能点缀都市的景观，反映或强化环境的特征，动造型不断变化的形态语言，构筑了生动活泼的视觉效果，从而冲淡了都市人紧绷的情绪，陶冶了人的心灵。例如将具有生命动感的动态雕塑置于我们的生活环境中，可以打破单调与沉闷，使环境增添轻松愉快的活泼气氛。在这些环境里所设置的动造型已经不单单是装饰的、美的东西，作为环境的附属物，它的鉴赏性、功能性、便利性，能够润化环境、润化人的心灵，这也正是动造型的魅力所在。（见图 5-8 和图 5-9）

（二）商业空间中的动造型

在商业环境的展示空间里，科技的迅猛发展，加速了科学技术与艺术的结合，采用动的表现形式也越来越多。类似 POP 的广告宣传手法，在推销商品的同时，吸引人们的注意，给人以新的视觉感受，体验一种新的视觉效果，在给予人们一种新鲜感的同时，也为运动艺术的发展带来了新的契机。（见图 5-10 和图 5-11）

利用影像的表现手段，在商业环境的主要空间位置，设置宽大的屏幕，在不同的时间段中，不停地播放各种商品信息、娱乐节目、公益广告和各种新闻，使人们的视觉、听觉，在不经意之中接收大量的信息，同时活跃了商业环境的气氛，同时调节、创造了

图 5-8 轻盈的线条在阳光的照射下，轻轻摆动，优雅而美丽

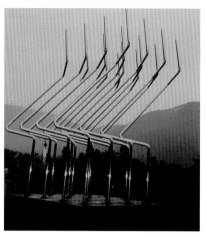

图 5-9 马达带动 16 根钢管整齐划一的转动，和谐而又富有变化

图 5-10 由风力带动骑手的上下运动，使招牌充满趣味性

图 5-11 商业空间中的动造型

一个惬意、舒适、优美的购物环境。

利用电子技术制作的自动时钟、动态橱窗等，其动的元素抓住了以人的尺度为基准的环境空间，使其具有感情性、积极性和期待感，并具有娱乐的性质，从而形成了大众艺术的动的造型。

利用观赏者的"游戏心理"，人与物之间产生互动，使观赏者入迷，并有新的体验，同时能给观赏者各种信息。从而确立了商业环境中展示空间设计的新的表现手法。

（三）展示陈列空间中的动造型

展示艺术是以科学技术和艺术为设计手段，并利用传统的或现代的媒体对展示环境进行系统的策划、创意、设计及实施的过程。

现代商业空间的展示手法各种各样。动态展示是现代展示中备受青睐的展示形式，它有别于陈旧的静态展示，采用活动式、操作式、互动式等，观众不但可以触摸展品，操作展品，制作标本和模型等，更重要的是可以与展品互动，让观众更加直接地了解产品的功能和特点，由静态陈列到动态展示，能调动参观者的积极参与意识，使展示活动更丰富多彩。（见图 5-12）

目前动态展示普遍运用于大型固定展示空间，如展览馆、博物馆、科技馆等。主要采用标本与活体结合展示、室内与露天结合展示、动与静结合展示、实物与电子信息结合展示等几种形式。展示中，通过人

图 5-12 通过人与屏幕的互动，提高展示空间的观感和乐趣

物的流动、展品的流动、展具的流动等手法，创造动态空间，其采用的高新技术和现代化展示手段使展示更加符合时代的要求。

（四）舞台设计中的动造型

当代舞台设计是一门全因素的动态空间综合的造型艺术。舞台美术的生命活力就在于它与社会发展过程中的前缘艺术形态和科技水平的同步。从事舞台造型艺术的艺术家，根据演出内容，主动创造舞台空间造型艺术的时代综合性特色。各种物质材料，各种技术因素，各种艺术观念只要有利于表现特定的演出空间，都被舞台美术家主动综合进他们进行的艺术创造中。（见图 5-13）

随着全球信息数字化的传播，当代信息材料的图像信息的丰富性，使信息图示的高清晰度图像在当代舞台空间中往往承担造型活动的动力核心。舞台设计中的巨型信息图像显示屏幕，使信息图像与电脑配合，迅速改变表演需要的外在自然环境，这种空间动势的造型形式在演出空间与观众互动中直接产生的情感影响力和无限可变性，包融并超过一切传

图 5-13 舞台设计中运用灯光、图像信息显示等各种因素塑造变幻的空间造型

统造型形式。图像信息显示屏所产生的空间造型与物质性舞台装置、舞台、演员表演、灯光共同实现综合演出空间结构的多层次、全方向的造型开放性，创造了具有当代性的空间造型艺术的生命活力。

三、动造型的特点

运动的直接导入使视觉各要素之间形成动态关系，使造型各要素处于积极能动的状态、打破了传统造型各要素关系静止、单一的局限，因为运动而使原来无生命的物质获得了生命的律动节奏韵律，并赋予了这些物质某种情感，这些物质造型在运动状态下使原来的形体、色彩、材质产生视觉的幻变而造成原质的模糊、融合、变化，营造出更加丰富多彩的视觉现象世界。

运动的直接采用也将造型带入了四维的空间，即加入时间要素，使造型有了新的生命动感、空间力感。动态造型由于运动这一时间因素的直接导入，赋予造型作品时空特性、使作品得以直接表达生命动感。传统绘画、雕塑等静态造型的表现内容中也包含着时间、运动的过程，但那些是凝固在静止中的运动，是作为精神活动的时空形式而存在的，对于生命的动态以及超现实幻象也是依赖观者的主观心理作用产生的，动态造型则是通过真实的运动直接表现出各种生命情感。（见图 5-14 和图 5-15）

图 5-14　简单的线条因"动"　图 5-15　通过动态影像传达主题的装置设计
而带来无穷变化

第 2 节　动造型的构成原理

一、动造型的表现形式

动造型展开的表现手法多种多样，总体可以分为：

（1）靠自然力变化的造型：作品没有机器驱动，而是通过外力（风、水、气流等）

的作用使之作不规则的运动。(见图5-16和图5-17)

(2)靠人工动力变化的造型:作品由马达、发动机、电力、机械力、电磁力等动力装置驱动产生运动的效果。(见图5-18和图5-19)

图5-16　在风力的作用下,鱼儿在风中摆动给人以愉　图5-17　利用水力的动造型构想。黄志聪
悦的感觉

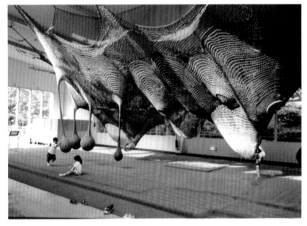

图5-18　由马达带动16根柱子高度统一的　图5-19　孩子们的玩乐赋予形态新的变化
旋转

(3)靠光、声、图像等变化的造型:应用专门设置的光与声、图像等装置相结合产生动的效果。(见图5-20)

(4)靠幻觉效果的表现,伴随动的错视效果的造型:作品的运动效果是通过观众在观看时移动自身的位置而使作品看起来具有动的效果。(见图5-21和图5-22)

图 5-20　反射板的转动，带来光的变幻

图 5-21　埃格的《幻觉的动》。当观者移动位置观看作品时，形象与色彩会发生变化

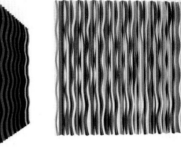

图 5-22

二、动造型的构成原理

（一）自然力

大自然存在着无穷无尽的神奇力量，无时无刻不在发挥着强大的能动作用。如微风吹过水面泛起的涟漪、随风转动的风车、迎风扬帆的帆船，雨水打落在叶片上的微微颤动等，都是自然力作用所形成的动态效果。认识自然力、了解自然力，最终将自然力引入到造型设计领域当中，从而设计出与大自然和谐交融并能与之产生互动的一系列动造型作品。

"风"是运用较多的一种自然力，在风力运用中，要引导学生观察：（见图5-23）

（1）自然界中有哪些常见的风力现象？（如：飞舞的树叶、飘动的丝带、海边的巨浪等）

（2）风力强度、受力物体、环境等因素对风力作用的影响如何？

图 5-23　风车是自然力的最佳体现

在观察研究的基础上，抓住风动的特征信息，进行联想、想象。

（1）动词联想法。即"风"是动作的发出者，如风生水起、风卷残云、迎风招展等，或"风"是被动者，如扇风、刮风等；

（2）名词联想法。如风车、风筝、风扇等，这些词的特点是它们都是借助风力来实现其功能作用的；

（3）形容词联想法。如云淡风轻、寒风凛冽、斜风细雨等，其中，"风"是被修饰的，这些词组描述了风带给我们的感觉；

学生可以用见图片、手绘辅以文字形式进行记录，其间产生的关于风动的新想法也可以表现出来。将一切可能联想到的风动效果，通过作品展示出来，将无形无色的风塑造成有形有色的造型作品。

（二）人工动力

人工动力的作品是需要依靠马达、发动机、电力、机械力、电磁力、太阳能等动力装置驱动产生运动的效果。（见图5-24）

（1）磁铁的引力——利用磁铁同极相斥、异极相吸的特性，也可以说是利用与重力相反的反动力，来设计一系列使用磁铁的作品。在设计制作中，作品首先要具备发动机所提供的最基本的力，同时借助磁力的动。两种力的结合，可以扩大造型表现的范围，使作品更具有表现力。（见图5-25）

图5-24　环境空间中的动造型研究——运用太阳能制作的仿生机器人

图5-25　塔基斯的《磁场》。磁极有节奏的启闭，带来磁体一吸一合的变化

（2）动的感知——物理学家根据运动学和动力学把各种动的形式，分为动的速度、方向和力的关系，来说明动的正确运行方式。无限的回转正是动最基本的运动形式。"回转"在动造型作品中表现出的自由性是最引人注目的，利用电动机装置，以及通过各种动力机构和控制系统调整"动"的方法，从而得到多种形态的变化。（见图5-26）

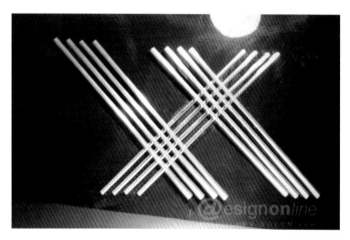

图5-26　电动机带动线条做有规律的交叉旋转，给形态以新的生命力

课题 8 动造型训练

　课题说明

　　动造型的教学研究，是在三维的基础上，增加了时间、空间、动的要素，使设计基础训练进入多维训练阶段。通过课程训练，拓展学生的思维空间，培养学生的创造意识，引发学生从多角度、多视点观察事物，从而寻找更好的表现手段来展现事物。学生创作的作品，已不再是单一的、静止的形态，而是融入了动的因素，使作品显现出无限的生命力。

　　本课题要求学生在学习动造型基本原理的基础上，了解材料的构造与特性，加工的方法与技巧，并培养他们动手制作的能力。在教学过程当中，除了要鼓励学生注意观察大自然，发现自然力的神奇巧妙之处以外，还要注重激发学生的想象力，发散他们的思维，由浅入深，指导学生从认识自然力到了解自然力，最终达到运用自然力的这一教学实践过程。

　　作业要求

　　1. 确定动的原理的运用（利用自然力或利用人工动力）；

　　2. 在 A4 纸上表现 10 个构思稿；

　　3. 在 10 个构思稿中选 2 个，在 A4 纸上表现，注重在形态、材料、结构、光、色彩等方面的表现，并发布交流稿；

　　4. 在交流的基础上，从中选择一个最终方案，并绘制结构图；

　　5. 按照比例选择适合构思的材料制作模型；

　　6. 用文字表述画面主题（200 字左右）。

学生示范作业

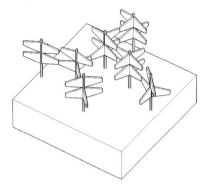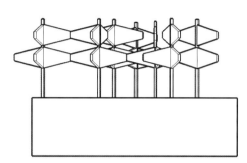

图 5-27、图 5-28　方案草图

图 5-29、图 5-30、图 5-31　模型制作，利用风或人力带动叶片，并通过叶片之间的接触形成互动

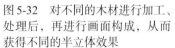

图 5-32　对不同的木材进行加工、处理后，再进行画面构成，从而获得不同的半立体效果

图 5-33　弹簧支撑的钢管带来动的表现

图 5-34　细节表现

图 5-35、图 5-36、图 5-37　细节表现

图 5-38、图 5-39、图 5-40 "动"的过程

图 5-41、图 5-42、图 5-43 "动"的过程

图 5-44
图 5-45
图 5-46

图 5-47、图 5-48　通过轮轴连动，一只手指动则带动其他　图 5-49　学生在研究连动装置
各个手指

▲ 图 5-50　学生在
研究连动装置

▶ 图 5-51

▲ 图 5-52、图 5-53　大大
小小的球在风中摇摆，
给视觉带来愉悦的享受

图 5-52　　　　　　　　　图 5-53

► 图 5-54~图 5-56　按动琴键
　 则带动音符的跳动，娱乐与
　 观赏集于一体

图 5-54

图 5-55

图 5-56

► 图 5-57、图 5-58　方案模型。
　 犹如迷宫的格子形成错落有
　 致的地形

图 5-57

图 5-58

图 5-59

图 5-60　注水后的效果

第6章　三维空间的光造型

　　光是视觉的先决条件，又是造型中最具有变化灵活性的因素，随着现代科技对光及其控制技术的开发与发展，光的功能已经不仅仅局限于照明，光被应用的范围正越来越广。充满光造型美的城市夜景，多彩的人工色光，是科学的创举，人类智慧的结晶。

　　光的导入打破了传统造型各要素关系静止、单一的局限，使视觉各要素之间形成积极能动的状态。在造型艺术与设计中，直接使用光作为创作素材的艺术作品与设计作品相继出现，并已成为现代造型艺术与设计的一个新趋势，设计师利用光这个没有硬度、没有重量感的造型新素材，跨越了多个领域，创造了新的视觉表现效果，营造出更加丰富多彩的视觉现象。（见图 6-1～图 6-4）

图 6-1　激光地标灯给城市带来绚丽奇特的视觉效果

图 6-2　五颜六色的霓虹灯赋予城市夜的魅力

图 6-3　光与立体造型的综合表现

图 6-4　科技的发展，使光给服装设计带来新的视觉空间

第 1 节 光 与 空 间

一、光的性质

现代物理学认为，光是一种以电磁波形式存在的辐射能。光是由很多微小的粒子组成的，具有波动性和微粒性，能够传播并具有质感。其物理性质主要有：（见图 6-5 和图 6-6）

图 6-5、图 6-6　光是人类生存不可或缺的物质，以光为媒介的手影游戏，可以启发儿童的联想思维

（1）光的直进性：光在均匀的介质中沿直线传播。

（2）光的反射：光在两种物质分界面上改变传播方向又返回原来物质中的现象，叫做光的反射，其入射角和反射角相同。对人类来说，光的最大规模的反射现象，是月球对太阳光的反射。

（3）光的折射：光从一种介质斜射入另一种介质时，传播方向会发生偏折，这种现象叫做光的折射。例如渔民在叉鱼时，总是往下叉，这是因为光从水面到空气发生了折射，如果沿着看见鱼的方向去叉它，就会叉不到鱼。（见图 6-7）

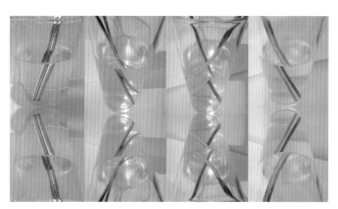

图 6-7　跳舞的筷子。利用光的折射创作的图片——筷子在水中发生折射

（4）光的全反射：当光线入射角增大到某一角度时，折射光线消失，只剩下反射光，称为光的全反射。现代科技中的"光纤通信"就是利用光的全反射原理。

（5）光的可逆性：在反射现象中，光路是可逆的，称为光的可逆性。例如甲、乙两人在同时照镜子，甲在镜中看到了乙的眼睛，乙一定也能看到甲的眼睛，这就是光的可逆性。

（6）光的干涉：干涉现象是波的一种特性。两列或几列光波在空间相遇时相互叠加，在某些区域始终加强，在另一些区域则始终削弱，形成稳定的强弱分布的现象。

（7）光的衍射：光在传播过程中，遇到障碍物或小孔（窄缝）时，它有离开直线路径绕到障碍物阴影里去的现象。这种现象叫光的衍射。

二、光与空间

我们的空间充满了光。光可以帮助视觉器官获得可见度，可以在空间中显示出人或物的造型。同时，光依靠空间又可以显示出光的面貌、动态和变化，并且利用光和阴影的对比来丰富人或物在空间中的表现力。光线的强与弱、光线的照射方向，以及光照的面积和光源色彩的不同都会给空间带来不同的气氛。（见图6-8）

空间中的光环境可分为自然光环境、人工光环境、居室光环境、公共空间光环境、展示空间光环境等。光的不同形式与色彩在环境中的应用都会带来不同的环境氛围。这与光对人所造成的心理以及生理感受是息息相关的。

1. 光在空间中的方向性

光在特定的空间中从一个方向投射向物体，使物体获得光影效果的性能，称为光的方向。光的方向性能增强空间中的可见度，使物体具有光影效果，改变空间的尺度和比例，使人们对空间和物体原先的印象发生变化。当光的方向性增强时，物体的光影效果就会增强，相反光影效果就会减弱。（见图6-9）

2. 光在空间中的立体感

光使物体产生阴影，阴影使物体呈现立体感。物体的立体感能够反映出物体的轮廓或形状。利用光的这一特性，人们就可以利用不同的材料，如玻璃、塑料、纸、金属、半透明物体等材料进行光的立体构成。在需要光效应视觉效果的部位附加光源，使它发光、变色，运用透射、折射、漫射、反射等多种原理而产生多变的光构成立体造型。（见图6-10）

图6-8　光构成——光柱形成的空间氛围

图6-9　素描作品中，利用光的方向性塑造画面效果

图6-10　舞台灯光塑造了不同的空间效果

第2节 光 的 应 用

一、光与绘画艺术

日常生活中，我们的眼睛之所以能看到许多物体的形状、色彩，主要是由于光的反射作用。对于艺术家来说，光线不仅仅是用来观察世界的重要工具，而且也是他们创作和展示作品的重要手段之一。光在绘画领域中的应用是革命性的，光的应用使绘画作品充满了动感和生命的气息。如法国印象派画家莫奈根据不同的光线作用，对同一场景——麦草堆、大教堂做了不同时间的描绘，抓住从大自然中得到的稍纵即逝的光的瞬间印象，真实的记录了教堂色彩形式的变化。现代绘画中许多的画家也将光作为创新手段以及创作的出发点来进行艺术创作。（见图6-11）

二、光效应艺术

光效应艺术，又称"欧普艺术"、"视幻艺术"。它流行于20世纪60年代中期的欧洲和美国，是用几何形象制造出各种光色效果、引起明暗与色彩的不同组合、发生运动幻觉和强化绘画效果的一种抽象派艺术，常在平面绘画和立体作品中展现。光效应艺术是利用光学原理，以颜色转移时显现出的波形变化，或以制图仪画出很细的线条，以及人工处理的光色变异，给人造成视觉差错的"光效幻象"。光效应艺术作品中的形象，远离客观存在的自然物象，是纯粹感情化的色彩或图式的符号形象，是一种通过绘画制造运动和闪烁的光感，与人的视知觉进行互动的艺术流派。（见图6-12）

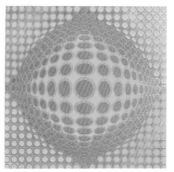

图6-11　莫奈的《日出·印象》。科学地分析了光与色之间的关系　　图6-12　光效应艺术给人以强烈的视觉刺激和视幻效果

三、光绘摄影艺术

摄影是利用光的艺术，没有光就没有摄影。"光绘摄影"指利用长时间曝光，在曝光过程中通过光源的变化创造特殊影像效果的一种摄影方法。

光绘摄影又称为光涂鸦，它运用光的移动来创造令人难以置信的图像，它产生于街头，大自然，还有工作室里的灵感。光涂鸦有时作为表演艺术产生，有时只是用摄影和录像捕捉到的，但无论哪种方式，它产生了令人难以置信的观景。

光绘摄影有广义和狭义之分，狭义的光绘摄影指直接利用移动光源在黑暗中"绘制"出影像，而广义的光绘摄影包括那些利用可控光源选择性照亮被摄体的摄影方式。广义的光绘摄影有一个重要的特征——光源进入画面，利用光源的移动勾勒影像。事实上，光绘画不一定非得是光源自身成像，利用可控光源有选择地照亮被摄主体，也是光绘画的一种。（见图6-13～图6-16）

图6-13、图6-14　利用光绘影像与背景实体形成虚实关系，增加了画面的趣味性

图6-15、图6-16　光绘摄影艺术

四、光在设计中的运用

光是视觉信息的载体，光的表现力是其他材料所无法比拟的。利用光可以对色彩、情感、气氛做最丰富的表达，还可以利用光的视幻效应制造奇妙的空间与动感效果。光在平面设计、都市环境展示空间等设计领域中的运用越来越多，随着现代科技的发展，光已成为现代造型艺术与设计的一个新趋势。（见图6-17～图6-22）

图 6-17　光在橱窗设计中的运用，增　图 6-18　光是最主要的造型语言
强了视觉效果

图 6-19　光 的 造 型，　图 6-20　色光创造了一个如梦如幻的空间
赋予夜色中的建筑物
更多的视觉感染和冲
击力

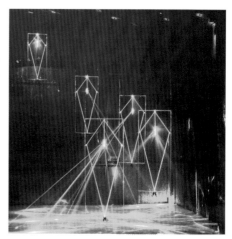

图 6-21　醒目而有趣的灯光标识　　　图 6-22　光的空间

第 3 节　光造型的构成原理

光动艺术有很强的实验性，大胆的想象力是作品创作的源泉，同时要求作者有很强的综合能力，将科技与艺术相互融合，使作品展示出光和材料之间的可塑性、灵活性、依赖性和趣味性。

一、以光源运动为主体的光动形态

利用视觉残像的光效应原理在装置中展现光迹的变化、光源色彩的变化、闪烁频率的变化等光的效果来完成造型。（见图 6-23 和图 6-24）

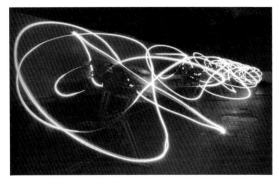
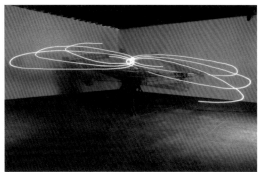

图 6-23　光的造型轨迹，给人以全新的视觉感受　　图 6-24　光迹造型动势的流畅

二、以光载体的光线变化为主体的光动形态

其作品的关键是光体材料的选择，要充分展现光的特性，就要求材料的透光性、发光性、反光性、可塑性、表现质感等因素都要为创作服务。（见图 6-25 和图 6-26）

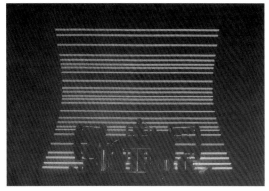

图 6-25　光载体的光线变化带来视觉变幻　　图 6-26　舞台灯光的变幻是渲染气氛的主要手段

课题 9　数字化时代的光

📖　课题说明

随着科技的进步，以计算机、互联网为代表的数字化技术得到了迅速发展，大量的数字化设计工具也随之涌现出来，设计正进入数字化时代。"计算机、扫描仪、打印机、互联网"已经成为现代设计师的"文房四宝"，设计师的设计手段发生着根本的变革，同时由于电脑对设计的变革，也直接影响着人类设计的实践活动。

技术上的发展和三维范畴的造型创造总是分不开的，技术上的可能性也带来了造型创造的可能性，正如电的发明才有了各种家用电器。计算机平台提供了良好的操作环境，电脑图形设计具有传统设计所不可比拟的高精度、高效率和丰富多彩的表现效果，数字化技术使得我们的设计变得更为快捷、直观，同时能够有效地启发和引导学生进行创造性思维。要鼓励学生关注科技发展的新动向，保持对新事物探索的敏感性和对未来事物创造的持久性，这些都是培育设计创新能力的必要条件。

通过这种学习，培养学生将数字技术与艺术设计结合起来，掌握在计算机时代的设计流程、设计方法和设计思维，从而将电脑辅助设计和数字化设计的思维渗透到大学四年的专业学习中去。

📖　作业要求

1. 观察生活中光的现象，利用数码相机、摄像机、电脑等创作光动形态作品，要求将光的性质、光的构成原理在作品中运用，注重光体材料的选择。拍摄作品数量不少于30 张。

2. 在电脑上分析研究所拍图片的构图、画面效果等，从中选择较有特色的 8 张作品，运用 CorelDRAW、Photoshop、3DS MAX 等软件对作品进行再次创作。

3. 选择较为满意的 3 张作品用 A3 铜版纸打印。

学生示范作业

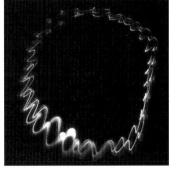

◀ 图 6-27、图 6-28　相机记录下的手电筒光的轨迹

图 6-27　　　　　　　　图 6-28

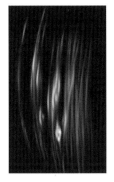

◀ 图 6-29、图 6-30　手电筒和手机光源合二为一的轨迹

图 6-29　　　　图 6-30

▼ 图 6-31～图 6-36　本组作业在表现光的轨迹的同时，较好地注重了画面色彩关系的变化与统一

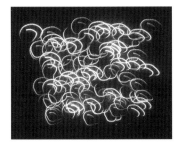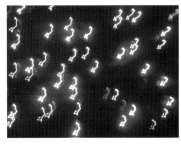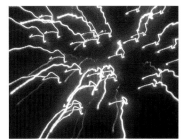

图 6-31　　　　　　　　图 6-32　　　　　　　　图 6-33

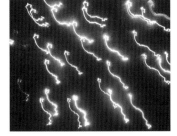

图 6-34　　　　　　　　图 6-35　　　　　　　　图 6-36

图 6-37

图 6-38

图 6-39

图 6-40

▲ 图 6-37~图 6-40 光影作业

图 6-41 相机不动，光源快速移动，画面记录下光的轨迹

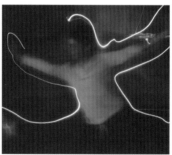

图 6-42 舞动的光迹

图 6-43 轮廓

图 6-44

图 6-45

图 6-46

图 6-47

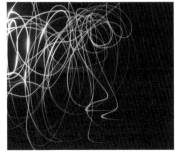

图 6-48

◀ 图 6-44 ～图 6-48　光的轨迹

▼ 图 6-49 ～图 6-51　光与音乐

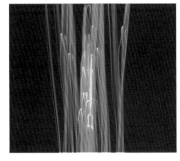

图 6-49

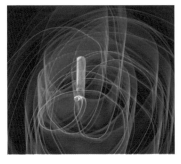

图 6-50

图 6-51

图 6-52

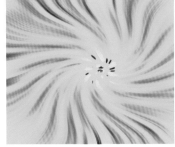

图 6-53

◀ 图 6-52、图 6-53　光的色彩

◀ 图 6-54、图 6-55 隧道中的车流。用相机记录下生活中移动的光的轨迹

图 6-54

图 6-55

◀ 图 6-56、图 6-57 光源不动，相机移动。校园的灯光

图 6-56

图 6-57

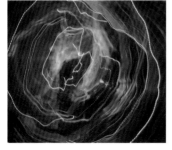

图 6-58

图 6-59

图 6-60 排列的乒乓球在强光的照射下，呈现云层一般的视幻效果

◀ 图 6-61 火柴点燃的一刹那

▶ 图 6-62 一些小灯组成的光带迅速地划过有一个半圆形凸起的表面

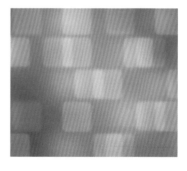

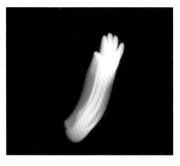

▲ 图 6-63、图 6-64　相机拍摄的原始图片

▼ 图 6-65 ～图 6-67　世界，你好！合成后的图片

图 6-63　　　　　　　　　　图 6-64

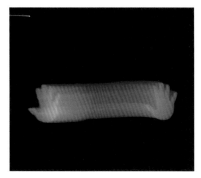 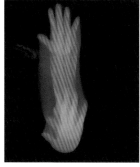 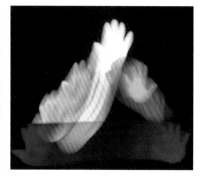

图 6-65　　　　　　　图 6-66　　　　　　图 6-67

◀ 图 6-68　原始图片

▶ 图 6-69　一触即发

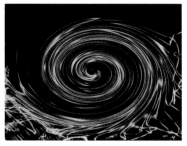 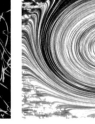

◀ 图 6-70、图 6-71　运用软件处理后的光影效果

图 6-70　　　　　　　　　图 6-71

◀ 图 6-72 ～图 6-76　对同一张图
运用软件不同工具处理后所获得
视觉效果

图 6-72

图 6-73

图 6-74

图 6-75

图 6-76

◀ 图 6-77　原始图片

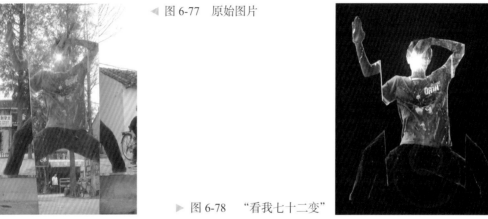

▶ 图 6-78　"看我七十二变"

作品欣赏

图 6-79

图 6-80

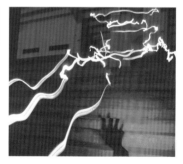

图 6-81

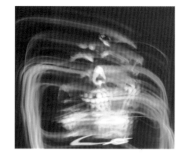

图 6-82

图 6-83

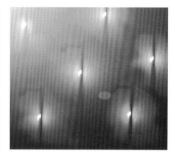

图 6-84

图 6-85

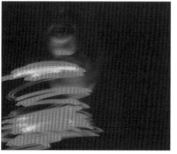

图 6-86

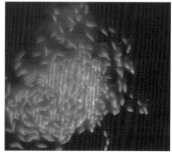

图 6-87

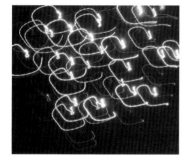

图 6-88

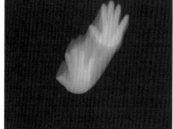

图 6-89

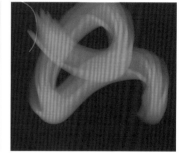

图 6-90

图 6-91

图 6-92

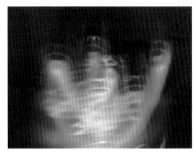

图 6-93

图 6-94

图 6-95

图 6-96

图 6-97

第7章 三维空间的水造型

没有水便没有生命。水是生命万物的源泉，生命的存在方式离不开水，人类赖以生存的环境也离不开水，很多优越的生存环境与优秀的环境艺术更是以水为本，以水为主题，以水为主要元素进行创作的。（见图7-1）

水仿佛是天空与大地的自然照镜，将环境景观以多样面貌呈现：反射、变形、创造幻景，同时也带来一种远离尘嚣的轻松氛围。公元前一世纪的希腊工程师、机械师、数学家艾衡·亚历山大的论著中，便已揭示了各种能够塑造水景效果的技术。科学技术的不断进步，使水在艺术设计中的应用越来越广泛，并产生根本性的变革与视觉效果，成为现代设计中的新元素与新材料，同时也促进了三维空间的形态创造不断产生新的思维与创意。（见图7-2）

图7-1 水是生命的源泉

图7-2 环境艺术中的水造型

第 1 节 水 的 性 质

一、水的作用

水是工业、农业生产和人民生活所必需的资源，对社会经济的发展有着重要影响。

（一）对气候地理的影响

在自然界中，由于不同的气候条件，水以冰雹、雾、露水、霜等形态出现并影响气候和人类的活动。海洋和江、河、湖、泊在夏季吸收和积累热量，使气温不致过高；在冬季则能缓慢地释放热量，使气温不致过低。大气中的水汽则能阻挡来自太阳60%的辐射量，同时也保护地球不致冷却，因此，水对气候具有调节作用。地球表面有71%被水覆盖，从空中来看，地球是个蓝色的星球。水侵蚀岩石土壤，冲淤河道，搬运泥沙，营造平原，改变地表形态。水是参与地球发展和地壳变化最积极的因素之一。（见图7-3）

（二）对生命的影响

地球上的生命最初是在水中出现的。水是所有生命体的重要组成部分。人体中的水占70%；水有利于体内化学反应的进行，参与人体内所有生理生化过程，以及人体内新陈代谢的全过程。如果没有水，食物不能消化，养料不能吸收，血液不能流动，体温无法恒定，废物不能排泄，所有这些生理活动都将无法进行。水对于维持生物体温度的稳定起很大作用。如果人体内缺水量占体重的20%，生命则随之终止，因此，水是生命的源泉。（见图7-4）

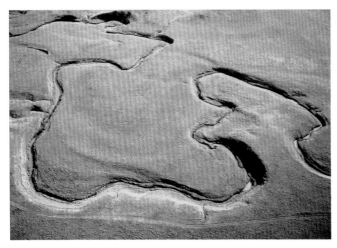

图7-3　地表流水塑造了形态各异的地貌　　　　　图7-4　水是生命之源，水是生命的摇篮

（三）水对经济的影响

世界上文明古国大多发祥于多河流流域以及能有效利用水利资源的地区，便利的灌溉条件可以使农业发达，森林茂密，经济繁荣。如发祥于尼罗河流域的埃及，发祥于恒河流域的印度等。

当今水资源及其开发利用的水平已经成为制约现代社会文明发展的重要因素，没有水就没有工业和农业，也就不会有经济发展的速度。一些发达国家的经济都市大抵是临海的港口城市，中国沿海的香港、厦门、宁波、上海、青岛、大连等城市因海而崛起，也与水有着密不可分的关系。（见图7-5）

二、水与文化

（一）水与情感

科学研究表明，水能传递信息，大脑细胞的产物可以通过"水道"运送到神经末梢，用来传递信息。水的声响也能直接影响人们的情感，如溪流的飞溅声，湖水的拍岸声，瀑布和喷泉的跌落声，可以使人们激动、兴奋、思绪万千，也可以使人们感觉到平静、舒畅。（见图 7-6）

　　水可以影响空气中的温度和湿度，进而影响人的情绪。现代人快节奏的工作和生活状态，很容易产生疲劳，很多人下班后，喜欢泡个热水澡，或在节假日里去洗桑拿、泡温泉，这里的水起到缓解紧张心情和身体疲劳的作用。

图 7-5　水景也是旅游业发展不可或缺的重要因素

图 7-6　水能使人产生愉悦之感

（二）水与审美

　　因为水形态多样，可以使人产生不同的美感，如大海烟波浩渺的雄壮美，湖水清澈文静的深沉美，溪水则是流动欢跳的流线美、声色美，另外流水的动态美、池水的静态美，以及水中倒影的虚幻美等，这些水的形态都给自然、社会创造了无穷的美。（见图 7-7）

（三）水与哲学

　　在古代哲学、文化的大背景中，水一直是一个重要而特殊的概念。如中国五行学说中水代表了所有的液体，以及具有流动、润湿、阴柔性质的事物。古代西方提出的土、气、水、火四元素说，以及佛教中四界—地、水、火、风，也都包含

图 7-7　池水给人带来平静之感

图 7-8　曲水流觞体现了中国古代文人对水的喜爱

有水；水在其中扮演了重要角色。

中国文化人格的修养与发展，也一直没有离开水这一具有导引意义的象征物。特别是古代，许多著名的政治家、思想家和教育家都曾以水为喻。如"仁者爱山，智者爱水"，"水能载舟，亦能覆舟"，"上善若水。水，善利万物而不争……"（见图 7-8）

（四）水与民俗

历代沿袭的民风习俗，作为一种社会文化现象，与水有着密不可分的联系。俗话说，一方水土养一方人，可见水土对人的习性形成有一定影响。

水是农业生产的命脉。从农历廿四节气中，可以看出，除了表示时节和寒暑之外，均与水密切相关。例如雨水、谷雨、霜降、小雪、大雪等，岁时节令风俗也都由此而产生。

三、水的特点

（一）水的变幻

（1）形态变化。水的物理性质决定水能根据环境和气候的变化，以不同的形态存在：在常温下是液态的水，在冰点下是固态的冰，在高温下是气态的蒸汽。（见图 7-9 和图 7-10）

图 7-9、图 7-10　水的物理性质决定了水的形态

（2）形状变化。水本身没有硬度，且无形无色，可以用任何承载物的形状来构形，因环境而形态万千。如传统的喷泉、水池、沟渠等，将水以不同面貌呈现。因此，水的变幻性是水的一大特点。

（3）声音变化。水可以因流动的强弱缓急而产生声音的变幻，或涓涓细流，或惊涛骇浪。在水造型中，通过人工调控，水可以产生各种自然或有序的声效应。（见图7-11）

（4）色彩变化。水因环境光波的不同还可以产生色彩变幻，如九寨沟的五色水便是因周遭环境显得绚丽多彩。另外，海市蜃楼、雨后彩虹等也是因水而生的光效应。（见图7-12）

图7-11　水流的声音是水景设计中不可或缺的一部分

图7-12　蓝天、植物赋予水美丽的色彩

水无形、无影、无色、无声、无味、无硬度，水的每个变化都导致形状的重新调整。水所具的变幻性使水成为多变的审美对象，水的形态产生变幻无尽的美学特征，因而水成为现代环境艺术中最具可塑性，最具可创性的元素，成为环境艺术中必不可少的材质。（见图7-13和图7-14）

图7-13　利用光影在水面形成的倒影，扩大视觉空间，丰富景物的空间层次，增加景观的美感

图7-14　自然界中的水景观

（二）水的运动

水的运动状态可分为静态水和动态水。

静态水是指水不流动、相对平静时的状态，通常可以在湖泊、池塘或是流动缓慢的河流中见到。这种状态的水具有宁静、平和的特征。给人以舒适、安详的视觉景观。平静的水面对空间的光线具有反射作用和平面镜成像的作用，能反映出周围物象的倒影、丰富景观的层次，由此扩大景观的视觉空间。（见图 7-15）

动态水是指水流动或相对不稳定时的状态。从动态特征来讲，有急流、涌流、跌落、喷射、溢漫、水雾和渗流等形态。流动的水可以使环境呈现出活跃的气氛和充满生机的景象，动态的水往往是人们的视觉焦点的所在。（见图 7-16）

图 7-15 静态水中的倒影产生特殊的借景效果

图 7-16 变化万千的喷泉给孩子带来意想不到的快乐

动态水常见于天然河流、溪水、瀑布和喷泉中，自然界有流水、落水、喷水。

流水常见于河流、溪流，是自然界带状的水面，它既有狭长曲折的形状，又有宽窄、高低的变化，还有深远的效果。流动着的水——波光晶莹，具有活力和动感，令人兴奋欢快。

落水是水在一定高度失重而跌落的动态水，相对于流水它有一个加速度，相伴有轰隆隆的水声和飞溅的水汽，有时还会产生水雾。

喷水在自然界中表现为喷泉，是承压水的地面喷头，它并不像落水一样是由失重造成的，而是由某种压力将水向外推而造成的喷射和涌流。

动态水在流动或撞击时可产生声响，依据不同的水体流量和流动状态，水体可以发出多种多样的声响。或流水潺潺、或滴水叮咚、或惊涛拍岸，不同的听觉形式赋予人不同的情感变化。

第*2*节 水 的 造 型

一、水的构造

1. 静水

对于静水来说,其水面的形的塑造是最直观和首要的。静水水面有大小之分,大水面一般根据其自然地形和周围环境而设计,而小水面造型则要自由得多,一般可分为规则式和自然式。规则式如圆形、椭圆形、矩形、多边形、花瓣形等;自然式的水面的水际线为自然曲线,如心形、云形、流水形、葫芦形等。

静水具有平和宁静、清澈见底的视觉效果,水面色彩因周围环境而变幻,可表现为青、白、绿、蓝、黄、新绿、紫草、红叶、雪景等效果;水面或波纹涟漪、或波光粼粼;影子也具有倒影、反射、逆光、投影等不同形式的变化。(见图 7-17)

2. 流水

流水是自然界带状的水面,它既有狭长曲折的形状,又有宽窄、高低的变化。流水有急缓、深浅之分;也有流量、流速、幅度大小之分。蜿蜒的小溪、淙淙的流水使环境更富有个性与动感。溪流是流水的主要形式。(见图 7-18)

图 7-17 水中的石块丰富了池水的形态

图 7-18 流与步道并列,流水的声音可舒缓人们的情绪

3. 落水

落水是水体由上向下坠落的一种自然水态。在自然中主要表现为降雨、瀑布及水帘。瀑布是由高处向下悬空自然坠落的形态,由于载体(山石)的布局、位置、体量、高度差别很大,

就产生了极为丰富的瀑布形态,其落水方式有:线落、布落、帘落、离落、滴落、雾落、圆筒落、连续落、二段落、分落、对落、二层落、重落等多种形式。(见图7-19和图7-20)

图7-19　落水的形状可线可面　　　　图7-20　层层叠叠的落水是善用地形、美化地形的一种理想的水态

4. 压力水

压力水主要是指喷泉、涌泉、间歇泉等因一定压力而喷、涌、溢泉、间歇的水。(见图7-21)

喷泉由压力水通过喷头而构成,造型的自由度大,形态优美。喷头的作用是把具有一定压力的水,流经喷头后,形成各种设计的水花,并喷射在水面上空。根据喷头的不同可分为喷雾喷头、环状喷头、旋转形喷头、扇形喷头等。(见图7-22)

图7-21　喷泉,使静水变为动水,使水有了灵魂　　　图7-22　辅之以各种灯光效果的喷泉,使水体具有更丰富多彩的形态

涌泉是水体向上冒出不高的一种水态。喷和涌并无科学界定,其区别只是习惯概念而已。它的特征是水量比较丰沛,水态较敦厚,由无色变成白色。现今流行的时钟喷泉、

标语喷泉，都是以涌泉组成字幕，由电脑控制涌泉出水时间。（见图7-23）

间歇泉，在自然界的地质现象中，有一种周期性喷发的热泉，每隔一定时间就喷出一次水柱或汽柱，高可达数十米，多分布在火山活动区。现在，可以利用电脑控制来达到这种效果。（见图7-24）

图7-23　涌泉具有更柔和的个性

图7-24　管道和喷头位于到地面以下的旱地泉，喷水时水流回落到广场硬质铺装上，沿地面坡度排出，平常可作为休闲广场

二、水的创意

环境艺术中水的运用犹如人体血脉，活力与灵气由此而生。除了动感的作品，环境艺术也经常让水产生一份东方式的静穆与沉默，使人沉浸在心如止水的怡然冥思中。日本的一些水装置作品更多的是现代技术的应用，充分发挥现代应用技术而铸造令人目不暇接的视觉效果，这是现代水环境艺术作品的一种趋势。（见图7-25~图7-28）

图7-25　利用地形高差和砌石形成的小型人工瀑布，不仅形成优美的落水形象，而且还带来悦耳的落水声音

图7-26　由多组微孔喷泉组成的雾化喷泉，不仅使人赏心悦目，而且具有降尘净化空气等调节功能

图 7-27　园林中的水景满足了　图 7-28　小品喷泉。雕塑与喷泉合二为一，形象生动有趣
孩子们戏水、娱乐的功能

　　纵观现代水的环境艺术作品，不仅是在广泛的领域继续对水的审美观念与审美方式的传承，更多的是东西方的交融与借鉴，产生新的综合，铸造不同的情调与风格。在政治、经济、科技、思想发生根本性嬗变的 21 世纪，文化与艺术的反传统与非理性主义思潮狂飙突起。艺术的变革，必然促使环境艺术不断产生新的思维与创意，产生新观念的作品。而科学技术的突飞猛进，使水在环境艺术中的应用产生根本性的变革与视觉效果，成为现代环境美学的新元素与新材料，面对水生态的严峻态势，环境艺术又必然需要有一种带有责任感的新思考。

　　现代的水的环境艺术是一个需要多方位探索的课题，也是一个具有广阔前景的课题（见图 7-29~ 图 7-33）

图 7-29　跳泉。在计算机控制下，生成　图 7-30　喷泉加强了线材旋　图 7-31　雕塑与喷泉相辅相
可变化长度和跳跃时间的水流　　　　　转变化的动势　　　　　　成，虚实共生

图7-32 喷泉与"崩塌"的地面，打破城市的平静，给人强烈的印象

图7-33 庭院中的水流体现了静谧悠然的氛围，给人以平缓、松弛的视觉感受

参 考 文 献

［1］朝仓直巳【日】.艺术·设计的光构成.(日)六耀社,1990.

［2］朝仓直巳【日】.艺术·设计的立体构成(日)六耀社,1992.

［3］朝仓直巳【日】.基础造型·艺术·设计.北京:美术出版社,2001.

［4］朝仓直巳【日】.光构成.陈小清,译.南宁:广西美术出版社,1995.

［5］林建群.造型基础.北京:高等教育出版社,2000.

［6］吕清夫.造型原理.台北:雄狮图书股份有限公司,1984.

［7］陈慎任.设计形态语义学.北京:化学工业出版社,2005.

［8］辛华泉.形态构成学.杭州:中国美术学院出版社,1999.

［9］潘祖平.基础造型.南昌:江西美术出版社,2008.

［10］尹定邦.现代构成艺术100年.沈阳:辽宁美术出版社2001.

［11］《国际新景观》杂志社.景观公共艺术.武汉:华中科技大学出版社,2007.

［12］木通口正一郎.世界城市环境雕塑——欧洲卷.魏德辉,译.北京:中国建筑工业出版社,1997.

［13］王培波.漫步欧洲——现代城市雕塑.济南:山东美术出版社,1999.

［14］杨大松.立体形态设计基础.合肥:安徽美术出版社,2003.